亲戚

孙天才 著

陕西师范大学出版总社

图书代号：WX17N0971

图书在版编目(CIP)数据

亲戚/孙天才著. —西安：陕西师范大学出版总社有限公司，2017.8
ISBN 978-7-5613-9439-7

Ⅰ.①亲… Ⅱ.①孙… Ⅲ.①散文集－中国－当代 Ⅳ.①I267

中国版本图书馆CIP数据核字(2017)第183330号

亲　戚　QINQI

孙天才　著

责任编辑 /	尹海宏
责任校对 /	闻　青
封面设计 /	观止堂_未氓
出版发行 /	陕西师范大学出版总社
	（西安市长安南路199号　邮编710062）
网　　址 /	http://www.snupg.com
印　　刷 /	陕西天丰印务有限公司
开　　本 /	787mm×1092mm　1/16
印　　张 /	14
字　　数 /	160千
版　　次 /	2017年8月第1版
印　　次 /	2017年8月第1次印刷
书　　号 /	ISBN 978-7-5613-9439-7
定　　价 /	38.00元

读者购书、书店添货或发现印装质量问题，请与本公司营销部联系、调换。
电话：(029)85307864　85303629　传真：(029)85303879

谁没有亲戚呢?

悲 欣 交 集

——孙天才散文集《亲戚》序

和 谷

    天才姓孙，是我近年乐于交结的一位擅写散文的朋友。他在黄河边的大荔乡下长大，十六岁赴省城读书，而后长期供职于铁路行当。天才先前出版的散文集《老家》《福地》《乐游原》我仔细读过，做过拉拉杂杂的眉批。他在《人民日报》发表的《风追司马》等篇章，令人刮目相看。天才笔下的文字，散发出一种尽心知性、立命事天的人生喟叹。这本《亲戚》，陪我度过了雾霾与澄明并存的冬春交替的日子。

    亲戚，谁没有亲戚呢？都有，多寡而已。繁体的亲字，有见字旁，简体少了见字，如这本书的封面，见字迷蒙如泪水或乳汁，想也有让亲情多一点的含义吧。"親"，从辛从木从见。辛，古代用于对奴隶刺字以辨认身份的刑刀，以辛入木；见，情之聚至者也。亲指族内，戚言族外，皆为有血亲和姻亲关系的人。读天才的这些亲戚，我感受更多的是一种伤逝和温情，是一种悲欣交集的生命咏叹。

    鲁迅是中国现代乡愁书写的开启者。在鲁迅笔下，有对已逝美好事物的眷恋，更有自我认同的断裂，其《伤逝》诉说的不啻是一个凄美的爱情故事。悲和美交相辉映，充满了中国人的生活史和艺术史。陶渊明言："悦亲戚之情话，乐琴书以消忧。"魏晋时代人生哲学的典型音调，乃人生无常，乐少悲多。《世说新语》的《伤逝篇》，所表达的生命意识是对人生的珍爱和对死亡的忧伤。

孙天才的亲戚话题，读来颇有一种当代文人的伤逝情结。他把生活中的各种纠结矛盾，从情感的角度加以集中浓缩，而且往往与崇高和凄美相联系，使人在生命的苍凉和温情的欢欣中产生同情共感，并以其深刻的艺术感染力，引发人们深层次的审美感受。

他说，我的生命原本是用奶奶的生命换来的。奶奶去了，我却来了。奶奶的忌日是我的生日。老家在湖北竹山，满山都是石头，粮食不够吃，人们就捕蛇吃。奶奶有一双粽子一样大的脚。爷爷去世早，穿黑色绸布衣衫的二爷卖了奶奶。姑姑也像奶奶一样，如一桩粮食一样，被马车拉走了。那时社会动乱，饿死的人像倒下的庄稼，人吃人，人吃人肉包子。在从老潼关到老朝邑的逃荒路上，狗日的狗专咬穿烂的，一家人受尽了"落脸"。住在潼峪口的安泰叔，因胳膊残疾而孤独一生，守着奶奶留下的老院子。桃林寨渡口十里相送，回首亲人们还站在那里，像一排树一样远远地挥着手，大风刮扬着漫天的黄沙。

他说，姥娘是濮阳人。太阳一落下去，姥娘的纺车就在月亮中转起来了。一夜一夜地盘腿纺棉花，那炕台上的煤油灯却从来没有点过。姥娘爱说谜语：一只雁，身上插了八只箭，飞起来嗡嗡叫，歇下来扇个蛋，是那纺花车子。一个小枣，三间屋子盛不了，一开门就往外跑，是灯光。一个官，尾巴戳上天，麦秸垛，它能吃几个，井水咸，它也贪，一口气，能喝干，是烧砖瓦的窑。姥娘活了一百岁，说有生就有死呀，要是人光生不死，这世界就盛不下了。

他说，父亲当队长，故意把猪放到麦地里接受惩罚，为的是给社员立规矩。年轻时是摇楼扬场的庄稼把式，老了在家绑笤帚，让当了干部的儿子拿到外面卖。父亲忍着不死，是在等候儿子。在告别父亲的瓢泼大雨中,他倒在了老家街巷的泥水中不省人事。日后,他经常当"陪读生"跟母亲去教堂。家有娘,比人强。家有娘,心不慌。

他说,做爆竹的澄城大舅抠音。到了秋天,大妗子顶着土布手帕,候鸟一样飞到黄河滩捡落花生。大舅的儿女辈因琐事不合,互不上门,甚至在大舅下葬时,姐弟俩穿着孝衣,拿着花圈,蹲在路边等候送葬的队伍。号啕着说"钱难挣,屎难吃"的二舅,却找了个长得像毛阿敏的二妗子,后因风湿病下不了炕。小时候在小姨的怀里吃过奶,为其后辈找工作落下埋怨。在省城一所大学教书的四爸,有一年夹着铺盖卷回来了,端午节里借酒为屈原招魂。城里的亲戚看不起农村的穷亲戚。

他说,表弟留记,在黄河滩的塑料大棚秧瓜苗,有病舍不得花钱治,四十岁出头就死了,扔下两个孩子和一个半病的女人。村里人说,是累死的,也是让钱害死的。悦悦是个苦命的孩子,亲生母亲出走,是妹妹抱养的外甥女。小学毕业不上学了,爷爷失手打了她,回到亲生父亲家,人嫌狗不受,又回来了。后跟开高架吊车的小伙成婚,刚出生的孩子又患先天性心脏病。朝英叔被迫放弃与高贵的首长女儿的爱情,与包办的村姑种地生孩子,好也罢,不好也罢,也算白头到老,生活了一辈子。小一辈的白发人见了老一辈的白发人,又是几声叹息。

孙天才的散文,有司马之遗风。不溢美,不遮丑,不隐恶,不为亲者讳,不为尊者讳,不为死者讳。他力求使自己的散文回归到生活的本真中去。生命本身的自然本真是最美好的。命比纸薄,立言可使精神生命传之久远。虽不能至,心向往之。

人到中年以至老年,纯真的童年和好高骛远的青春不再,才会对人生的喜怒哀乐有渐次深切的体悟,才能真正去掂量生命的价值与意义。当今时代浮躁,物质化、娱乐化风行,孙天才仍在用泣血的歌唱守护并表达着传统的道德精神。他身上流着农民的血，他基于民间立场的文学眼光，将笔触聚焦于亲戚这个小社会，其所勾勒和呈现的是一个地域乡土社会百年嬗变的缩影，诗意丰沛，有一种阅读的快意与审美的精神力量。他叙说的亲戚谱系，是真实的"这一个"，独特却具有共性，不是拾人牙慧咀嚼后吐出来的饭菜残渣，是无处不在的乡愁和沧桑。

我翻出一本旧书，扉页上写着1993年2月购于海南岛，是德国哲学家雅斯贝尔斯的《当代的精神处境》。书中说，现代化创造的科学技术支配着我们的生活方式。我们的生活境况看来比过去任何时候都好，但我们并不安然自得。一种或许是无与伦比的强烈的生命忧惧感，阴魂不散似的盯着现代人，总是挥之不去。我们享有思考的极大自由和名目繁多的思想和见解，但今日谁能指出我们生活的实质？

孙天才的《亲戚》，在你心智活动停滞的状态下，或许不失为谋求新的精神境界的一个耐人寻味的读本。老之将至，时常会感到时不我予，过往如烟。生活秩序无法驱除属于每个人命运一部分的忧惧。"隆隆者绝，赫赫者灭，有若春华，须臾凋落。得之不喜，失之安悲？"

伤逝，还有温情。有限的人生感伤，是与无限自然世界的幽深相关联的。孙天才说了，那些死去的亲戚的灵魂，像窗外的风、声音、月光，那是生与死的重逢，那是悲欣交集的生命之美。

2017年2月于三爻

目录 / CONTENTS

我的奶奶 …………………… 1

我的姥娘 …………………… 10

姥娘的谜语 ………………… 17

我的父亲 …………………… 27

忍着不死 …………………… 31

得胜有余 …………………… 38

信念的磐石 ………………… 44

浇地的哲学 ………………… 49

我的母亲 …………………… 53

我的母亲我的神 …………… 59

翘首以盼 …………………… 63

老家门上的"请"字 ………… 67

连畔种地 …………………… 71

因为这头猪 ………………… 74

两代人 …………… 77

春来 ……………… 81

拾遗 ……………… 84

走亲戚 …………… 88

姑夫 ……………… 94

她看不起咱农村人 ……… 101

姨妈家 …………… 105

茂伯 ……………… 111

大舅 ……………… 118

大妗子 …………… 122

二舅 ……………… 126

想起兰州的妗子 ……… 132

对不起了，姑娘 ……… 136

端午节 …………… 142

走，看戏去 ……… 147

小姨 ……………… 151

姨夫 ……………… 156

嗷嗷待哺 ………… 161

向往飞翔 ………… 164

我的妹妹 ………… 168

烤火闲话 …………… 174

牛哥相亲 …………… 178

茨沟 …………… 182

留记之死 …………… 188

为生命祈祷 …………… 193

几声叹息 …………… 201

祝福（后记） …………… 207

我的奶奶

2

　　我的奶奶是哪年哪月哪日生的，我不知道。父亲在世的时候，我曾问过，但他也不知道。不仅如此，当我问到父亲的生日时，他说，奶奶也记不清了，只记得是属小龙的，大概在农历七月，具体哪一天就不知道了。以至于后来我们给父亲过生日，都是拣一个好日子捏出来过的。

　　虽然我不知道奶奶的生日，但奶奶的忌日令我刻骨铭心，甚至在情感上有了一生的纠结。因为奶奶死的那一天，正好是我生的那一天。奶奶去了，我却来了。我就想，我的生命原来是用奶奶的生命换来的。这个扑朔迷离的世界，多么不可理喻啊！

　　在我家的堂屋，挂着奶奶的遗像。那遗像是从一张合照中翻拍放大的。合照上有奶奶，有姑姑姑夫，有父亲母亲，有那个叫喜花的表姐，还有刚刚满月，头还直不起来，躺在奶奶怀里的姐姐。父亲做了一个镜框，尺余长宽。奶奶穿着一件黑色带襟衣服，头上戴一顶老式的帽了，四周无檐，下面的裙边绣有暗花，像青铜器皿周边那种纹络。

　　奶奶的籍贯在何处，也没听父亲说过。爷爷去世早，那时姑姑和父亲还是娃娃。孤儿寡母的相依为命，又住在湖北竹山的一个小山村。那地方满山都是尖棱直角的石头，人们在石头上覆了土，就在那样的土地上种吃的。在父亲的记忆里，那地方竹子多，密密麻麻的，多的还有和竹皮同样颜色的长蛇。粮食不够吃，人们就捕蛇吃，也编了竹笼簸箕什么的四处跑着卖。爷爷那一辈人，有姊妹四个，二爷和两个老姑是先前就去了陕西的。因爷爷有病在身，又听说山大沟深的有上千里路程要走，就留下来了。奶奶在地里种一点玉米，整天没黑没明地编竹器。

爷爷得的是什么病，最后安葬在何处，父亲没有说过。但父亲说过，爷爷都去世一两年了，二爷怎么突然就来了。二爷对奶奶说，陕西那地方好，一马平川得看不到头，都是水浇地，种啥成啥，见天能吃上白蒸馍……也是想着山里的穷苦，也是想着到了那地方，还不就像是掉进福窝了。就这样，卖了房子卖了地，这娘儿仨就跟着这个穿绸布衣衫的人一路北来了。那大概是日本人正祸害中国的年月，奶奶还年轻，三十岁不到吧。

从老家挂的那张照片上看，奶奶的个子是很高的，脸瘦了点，但那双眼睛是炯炯有神的，端端庄庄地坐在一条长板凳上，是那种很贤淑干净利落的形象。当然，也裹着一双像粽子一样大的小脚。我是怎么也想不到，在这一家老小背井离乡，翻过了重重大山，眼看着就要到潼关的时候，二爷竟把奶奶卖了。二爷的遗像我见过，长条脸，深眼窝，下巴上有一撮小胡子，正是那种"两腮无肉，寡面无情"的面相呀。说实话，作为一个晚辈，我真不该如此作践我的二爷，但我不能欺骗自己的心，这种阴影犹如恶魔一样，就是这样在我从小到大的记忆中顽固地存在着。

奶奶从一座破庙里出来洗衣服的时候，突然，从背后出来了几个男人。那些山人粗野呀，竟用粗布塞了奶奶的嘴，用绳子捆了奶奶的手脚，奶奶像一桩粮食一样，就那样被那些山人抬走了。二爷拉着姑姑和父亲还到那河边看了，衣服散乱在那里，人却没有了。他一把鼻涕一把泪地哭丧着说，奶奶不小心掉进了河里，淹死了……

那时，姑姑的个子刚高过锅台，就给二爷家做饭了。父亲的手刚能够着把手，就给二爷家犁地了。二爷家有三十亩坡地，在村子的西南角，那地方临着一个废弃的烧砖瓦的窑场。那时，社会混乱，风雨也不调顺，人们总是缺吃的。在一次做饭的时候，姑姑趁着屋里没人，就掰开一个馒头夹了辣子蹲在墙角吃。不料，这样的"偷窃"被二奶发现了。这二奶也是生气呀，想着自己有六七个娃娃，生生地又添了这样两张嘴，又像猫儿一样地偷着吃喝，就让姑姑又做了一碗油泼辣子，辣子还在油里滋滋地响着，就逼着姑姑把那碗沸腾的辣子水喝了下去。从此，姑姑说话的声音就像蚊子叫一样，几乎废成了一个哑巴。直到现在，一想起二奶手中举着的那根擀面棍，一想起姑姑一生说话都像是掐着喉咙往外挤的丝丝悠悠的声音，我的心还是如凛冽寒风中的树叶一样，是那样剧烈地颤抖着，甚至是惊惧着。如果事情到此为止，我还是想原谅我的二奶。因为在我出生的时候，父亲去潼关处理奶奶的丧事了，是我的姥娘和二奶在母亲的身边，把我迎接到了这个世界上。如果没有后面接连发生的事情，我会觉得这或许只是一个女人在当时生活压力下对生命尊严的一次偶然失手。但谁又能想到，这件事才过了几天，有一天夜里，姑姑在炕上纺棉花，纺着纺着就睡着了。姑姑这边的纺花车一停，二奶那边就跳起来，手里攥着一截井绳撵过来在姑姑身上抽打。忍受不住这样一遍一遍的肆虐，年轻的姑姑跑了。但当姑姑被死拉活拽地找回来的时候，二爷家的门口停了一挂马车，姑姑也如奶奶一样，也如一桩粮食一样，就那样被那挂该死的马车带走了……

　　喊天天不应，哭地地不灵，在那片昏暗的天地中，就只有父亲孑然一身，寄人屋檐了。一到冬天，父亲衣服上的棉絮一片一片地掉出来，村里人都叫他"白绵羊"。晚上睡觉也是，一个人蜷缩在牛马棚边的一片柴草房里。人家的孩子有白米细面享用着，父亲却只能啃那硬如石头的黑窝窝头了。有一次，正是吃饭的时候，也可能是父亲多吃了几口吧，二爷就翻着眼皮，瞪着眼睛说，半大小子，吃死老子，像……当时，父亲已十一二岁了，那样的中伤怎能让一个懂事的孩子受得了，父亲也拧着脖子，瞪着眼睛还嘴了。而这样的以眼还眼，以嘴还嘴，惹得二爷大动肝火。是的，那是一种不对称的生命的抵牾，那是一种"翻了天"的晚辈对长辈的冒犯，那还了得。我的二爷呀，他一把操起了一个瓷盆一样的老碗，劈头盖脸地就砸在了父亲的头上。那道长长的伤痕是一个孩子在昂起头颅捍卫自己的人格时所留下的纪念，那种永远的纪念我在小时候还不止一次地抚摸过……

奶奶被卖的那户人家，原来生活也殷实，有一院房子，石头砌的台阶，门和门槛都是高高的，门前还有一棵粗大的核桃树。在这深山老林中，能有这样的条件也算是出人头地的。那时，人们还不知道那地方有黄金，这家人是靠着祖辈做贩盐生意而富有的。那男人前面娶过一房女人，可那女人命短，扔下两个儿子就撒手人寰了。一个男人带着两个孩子，要吃吃不上，要穿穿不上。加之中道丧妻，一苦闷就酗酒，一酗酒就烂醉如泥，人不人，家不家，那男人就那样一直单身过活着。

从竹山到漫川到洛南，又沿着潼河的流水出了山，一路上跋涉了那么多天，大人孩子的腿都走肿了，可能背篓里的银两也所剩不多了。正是在这个时候，二爷碰上了这个男人。这男人拆了半边院子卖了，把钱交给二爷就换取了奶奶。奶奶到这个家庭的时候，后面的上房和一边的厢房还完整着，前面的门房和另一边的厢房被拆得乱糟糟的，半半拉拉的墙还在，木料和砖瓦都被人拉走了。一个女人活活被卖到一个陌生的地方，又遭受了这样惊心动魄的惊吓，奶奶开始不吃不喝，脸也不洗，披头散发，整天一门心思惦念着孩子的下落。后来，也一度寻死觅活的，要上吊，要跳河……这男人可怜奶奶，也是想着这个家再也经不起折腾了，就答应着到山外面去找两个孩子。如果找到了，就接过来一同过活。奶奶想着，不管是死是活，只要骨肉能团聚在一起，就算是谢天谢地的好生活了。

姑姑是被卖到北山给人做童养媳的。那地方水土硬，人们身上总是长了很大的疙瘩。姑夫脖子上似乎也有疙瘩，但姑夫个子高，加之平时总系着围巾，所以是不会轻易被看见的。姑姑到这山里时间不长，在路边捡了一个孩子。那女孩用布包裹着，在山前的小路边哇哇地哭。姑姑可怜这孩子的不幸，也是可怜自己的遭遇，想着那怎么也是一条命呀，就抱回来抚养了。那孩子就是我可怜的喜花姐，到死都不知道自己的亲爹娘是谁。

奶奶的男人是先打听到父亲的姑姑家，找到了父亲，又去北山找到了姑姑。一听说是老潼关那边来的人，姑夫就说老潼关好，紧邻着黄河滩，不发水的时候，河滩里种什么都长，比这鸟都不拉屎的地方不知要好到哪里去了，他的舅母一家早几年就是逃荒去了那边的。就这样，一个为寻兄，一个为寻母，也是为了逃离生活的苦焦，一家人肩挑手提地就奔潼关而去了。姑夫的一家和兄长的一家在西城门外挤着住，父亲也就和奶奶生活在一起了。

那男人开始也喜欢父亲，经常带着三个半大的孩子在南山里打猎、撵兔、掏鸟窝。后来，奶奶又有了一个男孩，取名叫安泰。那孩子生下来就半残着，胳膊总是伸展不开，就那样蜷曲着。也是孩子多了，也是日子过得紧巴，加之有一年过年，那男人领着孩子们在外面放炮，有一枚炮哑了半天，可当他捡起来放在眼睛上看的时候，那炮却突然就炸响了……也是觉得倒霉和闹心吧，那男人的脾气越来越坏了，对几个孩子也变得里外有分，亲疏有别了。也难怪，人心都是偏着长的，这家人姓董，为人家养儿子，心里的那道坎过不去呀。

　　父亲的两个姑姑好，一个在蒲城孙镇，一个在大荔双泉，觉得姊妹几个从湖北过来，一本连枝，大哥这一脉香火也就只有父亲了，不管怎样，总要把大哥这一门立起来。也是想着父亲慢慢也大了，有劲干活了，也是想着两个妹妹整天一见面就嘟嘟囔囔的，也是想着如果再不去把父亲叫回来自己在亲戚邻居中就难活人了，二爷又穿上了那件黑色的绸布衣衫，又找到了潼峪口的那条河和那户人家。奶奶也是无奈，父亲也是无奈，人毕竟是孙家的人呀。就这样，在一片撕裂云山的号啕中，父亲又被拉回那如火坑一般的二爷家了。摔碟子拌碗的事是难免的，但有两个姑姑的仗义和呵护，遇到不顺心的时候，父亲就跑到姑姑家住了。有一年，父亲得了伤寒病，双泉的姑姑还跑到老朝邑请了大夫，吃了成草笼的中药才慢慢好起来。

　　双泉的老姑和老姑夫我小时候见过。那是在我们拜年的时候，一进门，那个富富态态的老姑就叫父亲的名字，亲得就像叫自己的儿子一样。老姑夫也是从竹山来的，说起话来还有浓重的鄂北口音。他是个瓦匠，屋脊屋檐，雕鸟刻花，手艺在方圆是很出名的，也带了很多徒弟。老姑忙不迭地去厨房张罗饭菜了，老姑夫就取了白铁的酒壶温酒，和父亲坐在炕上一盅一对的，那锃明瓦亮的铜烟袋锅也在两人之间递来递去的。后来父亲大了，各样的活路都能做。在老姑一家和乡邻们的帮衬下，盖起了两间房子，又娶了母亲过来，生活这才算安定下来……

　　在那个男人死去之后，奶奶独自带着安泰叔在南山里过。那地方七沟八岔的，一出门不是上山就是下坡，种的地都如席片大小，零零碎碎的。解放了，大荔这边生活好一些，父母多少次要将奶奶接过来一同住，但奶奶一直不肯。奶奶是那种有志气的人，她记着自己被出卖抢劫的一幕，她记着姑姑被逼着喝辣子水的一幕，她记着姑姑被湿漉漉的井绳打得满炕翻滚遍体鳞伤的一幕，她记着父亲头上被瓷碗砸得血淋淋的一幕。那一幕幕像烙铁一样，在她心中印烫得太深了。她曾多少次对母亲说过，那一家人是害人精，没有把咱家害死，见了他们就像眼睛里戳了钉子，别说活着，就是死了，也不见他们。奶奶说这话的时候，总是把牙咬得咯嘣咯嘣响。听母亲说，奶奶这一辈子，虽然受了千难万苦，但总算把那三个孩子拉扯成人了。前房留下的大儿子给人做了上门女婿，老二住的房子，是在原来半半拉拉的基础上翻盖起来的。奶奶和安泰叔住的半边院子，虽然破旧了一点，但收拾得干干净净，灶台上没有一丝灰尘，屋檐下也总是堆满了劈柴，像砖撂子一样，码得整整齐齐。山坡上有奶奶家分的地，都是席片大的梯田，也像衣服上的补丁，这一块种点玉米，那一块种点黄豆，也间插着种些这样那样的蔬菜。天旱了，奶奶就挑水上山。有一次，奶奶连人带桶还滚到了深沟里，幸亏有一棵树挡了。苍天之怜呀。十冬腊月，奶奶还挑了担子进城，卖核桃，卖柴火，卖花椒，一趟一趟的，来回几十里的路途。安泰叔虽然胳膊半残着，但看着奶奶辛苦，就抢着担子挑。以至于到后来，他竟不用手扶，就能把那扁担平衡得稳稳当当，且快步如飞。

　　我没有见过奶奶，但见过安泰叔。小时候到潼关给姑姑姑夫拜年，一家人就到安泰叔住的山里去看他。听父亲说，那地方叫水山。云朵都是一疙瘩一疙瘩的，只要大喊几声，那雨水就啪啪地往下掉。安泰叔单身过了一辈子，见了亲人就格外亲。他住在河的那一边，我们每次去的时候，父亲总是隔了河就远远地喊：安泰，安泰——这时，安泰叔就会从那棵核桃树下跑出来，紧紧地抱了这个抱那个，泪水就像雨水一样，一流起来就再也停不住了。

我们每年都要给安泰叔捎些棉衣棉鞋什么的，那都是母亲一针一线缝制的。当然，也要到奶奶的坟上磕头烧纸送寒食。奶奶的坟墓在后山的山顶上，要翻一条沟蹚着水才能上去。那是一块平展展的绿草地，墓口朝着我们住的方向。父亲在坟前一跪就是很长时间，并要说很多话。特别是在我要上学的那年八月，他领着我又去了南山。大哭了一场之后，他把奶奶坟前那些散乱的石头垒成了一座房子，又在那长满酸枣树的坟丘上培了新土。父亲还特意像祭庙一样买了几炷高香，红红地插在奶奶的坟前。他不停地对奶奶说，娃考上大学了，你的苦也受到头了。娃来看看你，你也看看娃，现在的社会好了，咱家的日子有盼头了……

那天，那冉冉升起的香烟就像父亲说的话一样，一圈一圈地萦绕在奶奶的坟头。当我们拱手作揖要告别的那一刻，忽然，我惊诧地发现，在我刚才跪着磕头的那片绿草丛中，怎么就长着一朵百合花。高高的茎，长长的叶子，金色的花朵一层层地绽放着，两只蝴蝶在翩翩而飞。看着那亭亭玉立的百合花，看着那颔首含情的百合花，看着那摇曳在阳光下的百合花，我就想着，那朵百合花一定是奶奶变的……宛若在梦中，但真真切切。感谢上苍，在那座气蒸瑞荡晴云拥的山头上，我第一次看见我的奶奶了。感谢上苍，在那座日射光绚锦霞开的山头上，我第一次看见奶奶的笑了。奶奶的笑美丽如花，奶奶的笑灿若云霞，奶奶的笑如太阳一般闪耀着无尽的光华……

我的姥娘

山东人把母亲叫娘，把母亲的母亲叫姥娘。我的姥娘是 1889 年生的，1989 年死的，受了一辈子苦，却整整活了一百岁，真是功德圆满呀。一个普普通通的农村妇女，比生活在那个年代的伟人们活的年岁还大，简直就是一个人间奇迹。

姥娘出生的时候，还是清王朝统治着这个国家。男人还留着辫子，女人都裹着小脚。姥娘说她裹脚的时候，是用粗瓷碗的碎片刮骨刮肉的，那种尖锐的疼痛穿心钻肺呀。每当提起裹脚的事，姥娘都要骂上几声。她曾经以几次的逃亡和死做过抗争，但最后还是屈服顺从了……

姥娘叫宋雪，她的娘家在濮阳县王称堌乡的宋集庄。那地方曾是三省的交界处，离黄河很近。在当时的中国，濮阳还属于山东省管辖。姥娘对濮阳的记忆是那地方经常发大水。他们祖祖辈辈居住的地方，就是因一次大水而叫起来的。也不知道是哪一年，那滔滔的洪水淹没了方圆几百里的村庄，一个叫王称的人漂到了一个高大的土台上。山东人把土台叫"堌堆"，所以，后来的人们就纪念性地把那地方叫"王称堌"了。

姥娘是在十六岁的时候，与姥爷结婚的。在姥娘的记忆和叙述中，那个世界整天都是杀来打去的，到处是刀光和血腥，到处是昏天昏地的飞灰和狼烟。姥娘记不住那些这个那个的什么王，她只记住了一个叫韩复榘的人是"山东王"。当然，姥娘也深刻地记住了"民国十八年年馑"。那年春天，暴风骤起，咫尺不辨，天色忽赤忽黑，村里的沙土有一两尺厚。秋天又遭了虫害，因种子缺乏，未种之地占十之七八，饥民觅食，致使树无完皮，草无完叶。十冬腊月又连降大雪，也有二二尺之厚，树木房屋皆白，两月不见地面。山东、河南到处是赤地一片，饿死、冻死、病死、战死的人就像路边七横八卧的草堆。姥娘还亲眼见过人吃人的事情。那是人们在吃包子的时候，怎么从那包子馅里竟吃出了人的手指甲。多么令人恐怖的年月呀。

就是在那人人提起都心惊肉颤的年月，姥爷用担子挑着三个半大的儿子，沿着陇海铁路一路奔陕西而来了。那一年，姥娘还有身孕的重拖，而恰恰就在逃荒的路上，那个不该降落的生命却不期而降了。那是一个不足月的女孩。没有奶水，也没有食物，加之三个儿子也饿得嗷嗷要死，姥娘就想着把这刚刚从自己身上掉下来的肉送人了。我是能理解姥娘的那种选择和那种选择带给她的心灵创伤的，因为在此后的多少个日夜里，每当有婴儿呱呱坠地的哭声传来，姥娘也是一场一场地哭泣着……

老朝邑是三河汇流的交通要道，颇享过"三辅重镇"的繁华，那是相当于现在直辖市的宏大建构啊。但就是在这曾经物阜民丰的宝地上，从山东一路乞讨而来的这一家人，却只能在南城门外的煤厂搭一爿棚席栖息。富足的地方必然是养狗多的地方。倒霉的是，姥娘一条腿上被狗咬的伤还在流血，另一条腿又被恶狗咬伤了。狗也是只咬衣衫褴褛的穷人呀，多么聪明的狗日的狗。

北山有个黄龙县，听说那地方人稀地广，想着有地就能有粮食，这一家人又奔黄龙而去了。但那地方水土硬，一种名曰"柳拐拐"的病普遍地在当地人身上存在着。山里人一瘸一瘸地走着，且脊背上脖子上隆着一堆一堆的疙瘩。害怕在这鬼地方待的时间长了，孩子们染上那终身甩不掉的怪病，这一家人又不得不折腾回来……

出头的日子在哪里？姥娘没有想着是为天下的百姓有饭吃，一个农村妇女还没有那么高的觉悟。姥娘是为着自己一家人的活路，而把自己的三儿子送进了共产党的队伍里。那时，统治者和反抗者的斗争正激烈，黄河滩的平民县常常能听到尖利的枪炮声。不曾料到，这样的又一次看似颇为无情的选择，却平添了姥娘一生的自豪，也成就了姥娘那种从未敢奢望过的挺起腰杆做人的骄傲。

姥娘对三儿子的心是最重的，她甚至把自己想象中的幸福都寄托到了这个儿子的奋斗之中。记得在很小的时候，我和姥娘盖着一床被子睡，已是七十多岁的姥娘在梦里多少次喊过的，都是自己三儿的名字。姥娘思念的三儿是随着彭德怀的队伍西征，在兰州解放之后落脚在那里工作的，自然回来的次数就是能扳着指头数过来了。思儿不见儿，常常泪沾襟。但在相隔了多少个年月，当她梦寐思念的三儿真的回到老家的时候，她却是带着怎样的嗔怒催赶着儿子。是的，丁公家的事不容易，你回来干啥呀？新社会的生活这么好，娘又没病没灾的，赶快回去吧，国家的事是大事呀……

每逢佳节倍思亲。在想儿不见儿的时候，姥娘特别爱吃的冰糖和饼干也就接踵从西而东地来了。捧着这在当时还很稀罕的东西，姥娘也就在巷院里东奔西颠地四处分散了。三儿的官做大了，一室两室的房子也变成三室四室的了。但儿子一次次的带有乞求口吻的来信，却总是唤不去那比自己架子还要大的娘呀。后来，三儿就不再邮寄那些盒装箱装的包裹了，而那些已甜得有瘾了的村邻却不停地嚷嚷着要那味道。也是受不了这样的落脸，姥娘拾掇拾掇行囊就自己搭车奔兰州去了。这出人意料的惊喜，让儿子抱着自己的娘转了多少圈呀。三儿兴奋地领着娘进商店，可一见那金银珠饰的五光十色，姥娘就喊着头晕；三儿高兴地带着娘逛公园，可姥娘说都是山山水水的，和老家的景有啥不一样的；三儿幸福地挽着娘进馆子，可看见那些鸡鱼鳖虾什么的，姥娘就拉着脸唠叨：花那么多钱干啥呀，贵了就合胃了？三儿多么想留娘在自己的身边多住些时日，可姥娘总是说，在这儿闲养着难受，还不如在家纺纺棉花织织布……

我的姥娘呀，一辈子就爱纺花织布，这似乎是她来到这个世界上的大使命。太阳一落下去，她的纺车就在月亮中转起来了。一夜一夜地盘腿坐着纺花，但那炕台上的煤油灯从来没有点过。黑咕隆咚的屋子，上上下下的收放，那一接一连的线头是不带断过的。当阳光从窗棂上又一次照进来，我在那嗡嗡的声音中慢慢睁开眼睛，却看到了姥娘眼睛中熬出来的血丝。含着泪水，我用嘤嘤呜呜的拳头捶敲着姥娘的肩膀，可她的两只胳膊还是像翩飞的翅膀一样，在不停地旋转着飞舞着。姥娘总是一遍一遍地对我说：孩呀，人老了，没瞌睡，多活动活动，身子骨还觉得舒畅。

姥娘的住屋架着一个红油漆柜子，各样花色的布匹一层一层地堆叠着。我知道那些色彩是从那台老织布机有节奏的哼嗒哼嗒的歌唱中流泻出来的。姥娘这一辈子究竟纺过多少斤花，织过多少匹布，我是说不清楚的，但姥娘关于纺花织布的那些生动的谜语我至今还能清晰地记起来。一个白瓶，两头透明——那是花穗子。一根白棍尺把长，拉拉扯扯好几丈——那是花捻子。一只雁，身上插了八支箭，飞起来嗡嗡叫，歇下来屙个蛋——那是纺花车子……

我的姥娘活了那么大的岁数，最爱吃的竟是地里的野菜，也吃一点鸡蛋，荤腥的东西是不沾嘴的，也从来不和任何人争嘴。不纺花织布的时候，她就提了自己用柳条编的篮子出门剜野菜了。无论生的熟的，煮的蒸的，撒点盐调点醋，就着一根大葱就香喷喷地享用了。地里什么东西长得最多，什么东西就最有营养。这是她流传很广的养生之道。当然，还有吃饭七分饱，肚里不能满；原汤化原食，面汤比面香；吃焦煳的锅底出门会捡钱，舔碗里的米粒灶王爷准奖赏诸如此类的"语录"。记得她还经常讲一个故事，说从前有个媳妇做饭，总是把稠的端给婆婆，把稀的留给自己。可婆婆越吃越瘦，媳妇却越喝越胖。姥娘说，别看那些稀汤寡水的，油花花都漂在面上。有了这样的"理论"，在吃面条的时候，姥娘就给我们多捞干的，而自己总是蹲在墙角喝那仅有几片绿菜叶子的面汤了。

我曾想，姥娘之所以能活到一百岁，还在于她性格上的乐观和坚强。自己好好过自己的日子，听那些闲言碎语干啥？给自己心里添堵，那才是少见识。这是姥娘经常劝人的话。我出生的时候，姥娘已经七十多岁了。我与姥娘在一起的日子里，就几乎没有见她看过医生。一说到这一点，姥娘总会风趣地说：开药铺的想挣我的钱，早晚得关门歇业，我从来就没有觉得哪里不好过。都是七老八十的人了，还拉着架子车到地里捡树枝拾柴火。都九十多岁了，还踮着小脚给这家剥棒子那家剥花生的。隔年隔辈的人就和她开玩笑，说姥娘，你单不单呀，你那一茬的人都走完了，这方圆上百里地，怕是只有你的年岁大了。听说县老爷过几天要来咱村看你，还要给你拍电视哩。姥娘耳不聋，眼不花，就是牙齿脱落了。她啜嚅啜嚅嘴巴，像是对自己说的，也像是回答人家的话，你听我的姥娘是怎么说的：活恁大年龄干啥？多糟蹋几年粮食。但阎王爷不收，我也没法，只好享受邓小平带来的幸福生活。在年轻的时候，姥娘爱学着当地人唱《血泪仇》上的戏词——骂一声老蒋你不是好皇上。现在分了田了，有了地了，改革开放了，生活好了，姥娘又说邓小平千万不能忘。多么可亲可爱可敬的老人呀，到老心里一点都不糊涂。

姥娘一辈子喜欢安静，甚至在饮食习惯上也顽固地坚持着这一点。无论在什么场合，任谁再怎么拉怎么拽就是不偎桌。一个人单独坐在一边，吃饭的时候是一点声响也没有的。可能也是因为这一点，活了那么大的年纪，却总是反对谁提说给她过生日。每当儿女们提起过生日的事，她就会呛人家说：过啥呀，不过寿就没寿了？年岁大了，还是不过寿的好，过了寿就总觉得像是离死不远了。姥娘的生日是正月初七，过年和过生日是没有什么分别的。

我的三舅在兰州工作了几十年，很少回来。每次回来的时候，总是对老家的亲戚说，你们替我行了孝了。也是已经离休有时间了，也是心里觉得愧疚吧，就想借着姥娘一百岁的时候，全家人在一块团圆团圆，也热闹一番。这一次，姥娘破天荒高兴地答应了。可正应了姥娘的话，过了寿就没有多少寿了。

姥娘走的那年六月，我正在河南省委党校深造，要毕业了，正在赶写论文。母亲害怕影响我的学业，没有把姥娘去世的消息告诉我。当我七月份回老家的时候，看到挂在墙上的姥娘的遗像，我就像疯了似的跑到那个曾经抱着我长大的人的坟上……

姥娘的谜语

周末,外面下着雨,一个人在家无事,就翻腾出 1978 年的一本日记。这是个三十二开的小本子,封面是黄牛皮纸做的,页衬带着蓝道道,订书针已锈蚀斑驳了,那些用圆珠笔写的字也洇染得快要看不清了。

在这个像文物一样的本子里,有姥娘当年给我讲的那些谜语。那是真正的生活原创,那是真正的民间文学,那是真正的日常生活智慧,与我们现在那些不着天地的所谓"创作"是不可同日而语的。

这些谜语都是姥娘在纺花织布、烧火做饭、田间炕头对我讲的。那时,我还是个稚气未脱的孩子。抚今追昔,我觉得这些散落的记忆是那样珍贵,用一句时髦的话说,那也是姥娘留给这个世界的一种"非物质文化遗产"⋯⋯

谜语之一:铁箱子,木盖子,
红裙子,蓝带子。

——这是我们吃饭的锅,也是我们烧锅的火。火是红的,火焰是蓝的,像女人的裙子,也像裙子上的飘带,多么形象生动呀。

谜语之二:一条腿树上生,
两条腿叫五更,
三条腿河沿站,

四条腿掏窟窿。

——这是我们小时候采的蘑菇,像一把伞的样子。这是催我们起床的伸着脖子打鸣的公鸡。泊船的锚有三条腿。龙生龙,凤生凤,老鼠的儿子自然会打洞了。

谜语之三:一个蛤蟆,四脚拉叉,
囫囵吞,人在它肚里说话。

——这个谜语难住我了。虽然姥娘在说这"蛤蟆"的时候,我就在那间屋子里,也如蛤蟆一样瞪大了眼睛,张大了嘴巴,但我终是没有猜出来。

谜语之四:一个小枣,
三间屋子盛不了,
一开门就往外跑。

——这枣太神奇了,这枣怎么就是屋子里挂着的那盏灯光呢。

谜语之五:张口酥,闭口噙,
水上漂,落地沉。

——这个谜语是与我们天天吃的东西有关。张口闭口的是花椒和胡椒,漂在碗上面的是油花花,沉到底下的当然就是盐疙瘩了。这日复一日地浸透在我们舌苔上的记忆,却让我转动着脑袋,怎么也猜不出来。

谜语之六：上山一道沟，

　　　　　下山滚绣球，

　　　　　大姐敲梆子，

　　　　　二姐洗脸不梳头。

——这是我在老家的沟畔上见到的蛇的行走，这是树上的啄木鸟，这是卧在我身边的那只大花猫呀。

谜语之七：一个老头四尺高，

　　　　　浑身上下长白毛，

　　　　　轻易不拿它，

　　　　　拿它就咧嘴，

　　　　　咧嘴不笑流眼泪。

——这是与埋葬有关，与孝子有关的。从古到今几千年了，活着的人就是挂着它而为死去的人送葬的。这样的白胡须"老头"，真要命呀，避之还不及，谁又愿意搭理它呀。

谜语之八：四角四棱，

　　　　　到头才种，

　　　　　种上不出，

　　　　　不如不种。

——这是一片福地，也是每个人的最终归宿。乡下人说到头了，倒头了，说的就是死呀。把人种在四棱四角的地里，像种庄稼一样，怎么会像种庄稼一样长出来呢？是的，人还不如一棵树，死了是不会复生的。

  谜语之九：田里一条线，
       人人踩不断。

  ——这是鲁迅说的一句经典语言的民间翻版。世上本无路，走的人多了，也就成了路了。大路朝天，每个人都在路上……

  谜语之十：一个官，尾巴戳上天，
       麦秸垛，它能吃几个。
       井水咸，它也贪，
       一口气，能喝干。

  ——这是一种讽刺，但谁又能想到，这谜语讽刺的竟是一口烧砖的窑。当然，现在人们烧窑都是用煤块了，但那如尾巴一样的黑烟，还是戳在天上的。

  谜语之十一：一个大姐去和面，
        二个光棍露头看，
        要不是我和面占着手，
        一把摔你个稀巴烂。

  ——这是什么？这让大姐讨厌的一对光棍又是谁呢？我环顾左右，摇头晃脑的样子，惹得姥娘嘬着嘴笑了。猜、猜、猜，在我实在猜不透的时候，姥娘就装出一副擤鼻涕的样子，而这一把鼻涕就让我笑得在炕上翻滚起来……

　　谜语之十二：姊妹七八个，
　　　　　　　　搂着柱子过，
　　　　　　　　脱了白布衫，
　　　　　　　　找她盐大哥。

　　——这是蒜，也是捣蒜的过程。一个蒜竟有七八个瓣，还围着一根柱子转圈，好大的一疙瘩蒜呀。

　　谜语之十三：不搭梯子不使耙，
　　　　　　　　盖个房子门朝下。

　　——这是蜂窝，那蜂窝就吊在姥娘家的屋檐下。但我知道，蜂也如人，你不招惹它，它也不招惹你。而一旦你对它发起攻击，它就会不惜一死地追撵你。被那土蜂蜇了，姥娘就用生蒜涂抹，说是以毒攻毒。红肿消下去了，那个细如针尖的蜂眼却久久不能弥合……

　　谜语之十四：远看像座楼，
　　　　　　　　近看团绣球，
　　　　　　　　各种木头都用上，
　　　　　　　　不用刨子和斧头。

　　——这是一种叽叽喳喳的鸟栖身的地方。那鸟在姥娘家后院的梧桐树上飞来飞去，不几天的工夫，竟盖了两座房子。姥娘说，当那鸟儿围着屋檐叫的时候，家里也会来好消息的。那鸟的名字叫喜鹊。

谜语之十五：一在前，二相连，
　　　　　　三有一柱就是官。
　　　　　　官儿摇着辘轳把，
　　　　　　噔噔噔噔跳四下。

——这是一头拉车的牲口，也是一头奔跑的牲口。这头牲口在姥娘的谜面中却是以它字面上的结构出现的。我上学的时候，繁体字已不用了，但那辘轳把一样的笔画还在。这是一头庄稼人使唤了几千年的老牲口。

谜语之十六：一间小屋窄又窄，
　　　　　　里面坐了五个客。
　　　　　　一个小树五个杈，
　　　　　　不结果子结瓦碴。

——多么奇怪的屋子，多么奇怪的小树，并且都与五有关系。在我举手抬脚的时候，我就知道那是我的脚丫子，那是我的手指甲。

谜语之十七：一个板，
　　　　　　上面七个眼。
　　　　　　上下两屋檐，
　　　　　　中间有个小黑蛋。

——这个谜语可难不住我,因为姥娘经常和我做一种游戏。她把我的一只手放在她的手心,另一只手却不停地拍打着我,并一声声地喊着耳朵嘴巴眼睛让我指认。指认对了,就奖一块冰糖。指认错了,姥娘就刮我的鼻子。

  谜语之十八:一个小瓢,
       里外都长毛。

——我猜着了,是耳朵。但这耳朵是有专指的,不是人的耳朵,而是那些牛羊驴马的耳朵。人和动物的不同,不仅仅是有感情和智慧呀。

  谜语之十九:屋檐高,屋檐低,
       屋檐底下一群鸡,
       光会打鸣不会飞。

——这"鸡"不是那"鸡",这"鸣"却同了那"明"。能够带来光明的一群鸡,又总是栖息在屋檐下,那似乎就是窗户贴的那些鸡的剪影了。

  谜语之二十:蹊跷,蹊跷,
       坐着还比站着高。

——这谜语真是蹊跷,什么人坐着竟比站着高呢?既然没有这样的人,那这坐着的家伙就一定是什么动物了。我看见了门口坐着的那只狗，一身的花点，高高地仰着头，它是坐着还比站着高了。

  谜语之二十一：冬天有，夏天藏，
       这个谜语难思量。

  ——这是天寒地冻的时候，姥娘说的一个谜语。在她来回搓手搓脸的时候，鼻子嘴里就一团一团地腾着热气。而令我想不通的是，这鼻子嘴里的气象怎么到夏天就消失得无影无踪了。大自然的现象就是这样奇妙，就像一棵树的叶子，春天是绿的，秋天怎么就变黄了。

  谜语之二十二：骨包肉，是禽生。
       肉包骨，树上长。
       纸包火，正月来。
       暑里天，送风凉。

  ——这是鸡禽之类的蛋，这是红彤彤的柿子枣，这是过年我提着的灯笼，这是夏天姥娘摇着的蒲扇，都是一种日常生活的比拟呀。

  谜语之二十三：一个小孩四指高，
       蹦到天上没有了。

  ——这个矮小的孩子，好个一跃升空呀。这个谜语是我小时候玩得最多的，直到现在，每年春节的时候，我也是噼里啪啦地放个不停。

  当然，姥娘肚里的谜语，远不止这些，还有那些讲不完的故事，可惜当时没有能完全记录下来。姥娘就是会说谜语。印象深的还有以地名说的几个谜语：进厨房做饭了，翻腾着面缸面袋子，空空如也，两手一摊，她随口就说：没米咋做饭呀，这不是渭南（为难）嘛。姥娘还说过一个谜语，叫一手能举千斤，那真个是大荔（力）呀……

　　我就是在这样的姥娘怀抱中长到十六岁。那一年，我去西安上学了，想家的时候，也常常想起姥娘，想起姥娘的谜语，就随之记录下来。"一捧故土我的神呀"，这是在这篇文章写完的时候，我又在那个小本子上写的一句话。记得著名电视节目主持人倪萍写过一本书，叫《姥姥语录》。倪萍的那位姥姥是山东人，我的姥娘也是山东人，山东还出了孔子和孟子，但那些庙堂中的供奉，却远没有日常生活的烟火来得温暖亲切，难道不是么？

我的父亲

28

在我的记忆中，父亲的肩头似乎就没有放下过镢头。黑衣黑裤，大手大脚，一头短发，一身骨头——这种像青铜雕塑般的形象，是父亲一生的象征和写照。

父亲对土地的依恋和热爱，是执着而深沉的。他在世的时候，经常说两句话：土里有黄金，书里有黄金。前一句话是对他自己说的，而后一句话是对我说的。

记得父亲还经常讲一个故事，说从前有户人家，有个几十亩的葡萄园子。这家主人勤劳，葡萄种一年成一年，就一年年富裕了起来。老人慈善，常常接济穷人。他有个儿子，也是好日子过惯了，整天游手好闲，也不下地。到了老人快不行的时候，儿子想着父亲有钱，却不知藏在什么地方，就套父亲的话。快咽气的时候，父亲对儿子说，我一辈子的钱都埋在葡萄地里。儿子得了这话，就不停地在葡萄地里刨，整天汗流浃背，挖了一遍又一遍，也没有找到父亲的钱罐子。但到了秋天，葡萄却大丰收，挣了个缸溢瓮满。此时，儿子对父亲的话才恍然大悟了。

我们家姊妹多。有几年时间，母亲身体不好，老是胃疼，特别是不能吃生冷硬的东西。可那时农村穷，要么吃的是高粱馒头，黑硬得像铁，要么吃苞谷馒头，结实得跟砖头一般，掉到地上能砸出坑。母亲吃不上饭，身体就虚弱，脸总是蜡黄蜡黄的，眼皮似乎也没有抬起过，无精打采的。见母亲成了这个样子，父亲就坚决不让母亲下地。可家里的地，父亲一个人又忙不过来，所以，姐和妹妹放学以后，就到地里帮父亲干活。那时，农村学校的假期也多，有麦假有秋假有寒假，而且一放就是二三十天，姐和妹妹就跟着父亲在地里忙活。

老家的人恨活，有时趁天气好的时候，总是赶晌，中午不休息，一整天都待在地里不回来，饭菜都是送到地头吃。父亲身体硬朗，也是种庄稼的把式，重活累活脏活技术活，没有一样能难倒他。家里也有头牛，本来像犁地拉耱这些活，都是要套了牲口的，但父亲不。可能是怕牲口累着，可能是嫌麻烦，也可能是牲口干出来的活粗，反正我们家的地，都是父亲用镢头刨出来的，或是用铁锨翻出来的。那时，姐和妹妹还是十几岁的孩子，镢头握得时间长了，手就磨出了血泡，震出了血口子，腰酸腿疼的。再则，大太阳晒着，汗水湿透了衣衫，又黏裹在身上，就刺痒得难受。父亲就心疼，催她们到阴凉的地方歇息。

记得我们家的地靠着洛惠渠，渠两边的杨树都是几丈高，枝繁叶茂的。姐和妹妹就躺在树荫下休息。旷野里不缺风，再热的天气，一到了地里都有野风吹，加之河里有水，水也生风，所以，躺着躺着就香香地睡着了。睡的时间长了，树荫就一点点挪了过去，姐和妹妹常常就暴晒在火红的太阳底下。母亲提了饭篮子水罐子来，看到姐和妹妹的样子，就禁不住掉眼泪。再看看父亲，还是那样不住地朝手心里吐着唾沫，举了镢头，挥汗如雨……

有时，吃完了饭，在母亲捎来的席子或布单上，父亲和姐姐妹妹一块躺在上面，等避过了中午最热的时候，起来继续到地里干活。父亲想让姐和妹妹多睡一会儿，就悄悄地自己起来，等太阳西落的时候，才叫醒姐妹俩，一块儿收拾了农具回家。

那些年，父亲为了我们这个家，什么都做，什么能赚钱就做什么。农闲的时候，磨过豆腐。天不亮就爬起来，磨浆，过渣，点卤，用一块方石挤压成形。天一亮就挑着豆腐出门了。至今，在家属区，每每听到有人吆喝"卖豆腐——"的声音，我就想起了亲爱的父亲。当然，卖豆腐是一方面，还有就是我们姊妹几个清晨上学的时候，总有一排碗整齐地放在锅台上，还冒着热气，那白花花的豆腐脑，让我们在那艰难的岁月里，感到了父爱的淳美和沁心的幸福。有时，攒了卖豆腐的钱，父亲还会从集市上牵回来羊呀牛呀，不是为了饲养，而是待牲口价涨上去的时候，又牵了它们去卖。然后，又会从集市上扯了各色的布料，买了各样的食品，还有那些红蓝的铅笔圆珠笔文具盒，还有那一摞一摞的小人书和作业本……

父亲是天。就是在这片蓝天下，我们一天天长大，而父亲已没有了那挺拔的腰身。眼睁睁地，我看着父亲的腰像谷穗一样渐渐地弯了下来，他的脸上额头上爬满了一道道刀刻似的皱纹……

如今，父亲已经离开我们十几年了。我常常想到那首歌：我的老父亲，天下的苦有十分，你却吃了十二分。天下的福有十分，你只享了三分。这辈子我们没有做够，下辈子你还做我们的父亲……

忍着不死

在我小时候的记忆里，父亲的身体总是那样刚强，似乎就没有头疼脑热的时候。可能是有点小病都被他扛过去的缘故吧，反正我是没有见过父亲去村里的那个卫生所。

从学校毕业后，我在宝鸡工作了十八年，每年也就回去一两次。刚结婚的时候，我们是租住人家的房子，只有十八平方米。所以，父亲也很少来。关于老家的消息，我都是从姐姐的来信中知道的。家里人怕我分心，从来不把不好的消息告诉我，也从来没有提说过任何困难。从姐姐的那些来信中，我读到的都是家里如何如何好，父母如何如何好……

可有一次，姐来信说让我回去，父亲病了。我的心为之一惊。在我赶回去的时候，父亲已经咯血了，但他强忍着，装作没事的样子，还在案板上啪啪地摔着，给我做了一顿宽大的扯面。也可能是怕花钱吧，他竟不去看医生。像过去一样，他总是说，人吃五谷杂粮，谁没有个头疼脑热的，扛一扛就过去了。但扛的时间长了，咳嗽越来越厉害，吐出的血也一片比一片大了。他得的是肺结核，我拉着他住院了。

记得那医院的传染科在一个角上，有一排平房，四面用栏杆围着，院子里长满了花草树木，长条椅摆放在其中。每当吃完饭，我们就陪着父亲去院子里坐坐。秋天的阳光照在身上，暖洋洋的。但坐不了一会儿，话还没有扯开，父亲就催我们赶快回去，说这里的医生护士照顾得好，他吃得也好，睡得也好，感觉病是一天天见轻了。我想多陪他一会儿,可他铁板着脸,推着搡着要我抓紧上班去。看到他不高兴的样子,我就只好悻悻地离开了。

农村人平时很少吃药打针,也没有住过大医院,被城里的专家教授一看,用了好针好药,那病竟真的像云开雾散,一天天的就不见了。还是像在老家一样,一早起来,父亲就抱着扫帚扫院子了。之后,就在树林中伸胳膊抻腿的,脸上的气色在曙光初照中也显得红润光亮了。

住了二十多天,浑身有劲了,也不咯血了,精神头又回来了,父亲就闹着要出院。大夫对父亲说,这病不是一天得的,至少要住两三个月。并说,你是我们这里最好的患者,医院的房间、走廊、花园是有专人清理的,以后就不要再做那些打扫卫生的事了。父亲在家里干活干惯了,手脚一闲下来就犯急。大约过了两个礼拜,又闹着要出院。大夫告诉我,病是稳定了,关键是要休养。农村的空气好,粮食蔬菜都是新鲜的,如果现在出院也可以,但千万不能劳累。有了大夫的肯话,也是父亲的坚持,我们就提了一大包药回老家了。大夫还说,那药有副作用,吃多了会伤肝,一定不要忘记和护肝的药配着吃。

姐又来信说,父亲开始吃药还是按时的。后来,他觉得啥都好了,就不想吃了,说吃那药犯恶心,有时就把药偷偷地藏起来,已能下地干活了。似乎是要证明他不再是有病的人了,家里人越不让他做啥,他偏要做啥来着,什么活都做。父亲还从村里的水坑割了一车一车的芦苇,一到晚上就坐在院子的苦楝树下,就着月光打箔子、编席子,还用高粱糜绑了一堆一堆的笤帚……

有一次,我要走的时候,父亲非要我背一捆笤帚,说哪个单位都要扫地,你给单位人说说,能卖了卖几个,卖不了的就自己留着用吧。我不好违了父亲的心愿，也真的就给总务科长说了。那科长胖乎乎的，是个慈眉善眼的人，看了父亲绑的笤帚，沉甸甸的，齐刷刷的，也精致美观，就高兴地收下了。我把这个消息写信告诉了父亲，不想他却更来劲了。就这样，他绑了一堆又一堆的笤帚，我就一批又一批地背来。没过两年，我在单位也提科长了。我就想，今后再要找人家卖笤帚，是会有那么一点"以权谋私"的嫌疑的。姐姐把这话也转着圈对父亲说了，说现在社会进步了，办公室的地都铺了地板，人家都是用拖把拖地了。再说，你儿子现在也当了科长，就不用再添麻烦了。可父亲听了却说，当了科长就嫌老爸丢人了？都当了科长了，还推销不了几把笤帚？父亲还是编着他的笤帚，而我不大的家中就堆积如山了。

可能是那种护肝的药配得少了些，后来吃完了，父亲也不让买，就只吃那治肺的药了。那药的最后一个字叫什么"封"，我记不清了，也不想查了，查清楚了会让人更加伤心。但那药真的是伤肝呀。不久，父亲就整天觉得恶心，也不想吃饭了。家里人以为不想吃饭，都是胃上的毛病，就买了一些治胃的药，但越吃越不行了。父亲的脸变得蜡黄，看上去病怏怏的，精神也明显不如以前了，肚子也鼓鼓的。我是在又一次回家的时候，看到父亲成了这个样子的。一边埋怨着家里人对病情的"隐瞒"，一边带点强制性地拉着父亲来城里了。检查的结果：肝硬化腹水，转氨酶高得惊人。天呀，怎么会是这样呢？我的泪当时就掉了下来……

我托朋友把父亲转到了西安的医院，也为姐姐妹妹租了一间房子。三天两头的，我在宝鸡和西安之间来回穿梭。但那时候，父亲已是肝硬化的晚期了。医生做检查的时候，敲着父亲的肚皮，竟像鼓一样咚咚作响。手术的必要性不大了，癌细胞已出现了转移。在肚子鼓得要命的时候，大夫就抽一些水出来。但抽不了多日，就又鼓胀了。朋友们介绍了许多名老中医，每次抓药的时候，都是用旅行包提着，父亲就一碗一碗地喝那些黑稠的药水。稍一轻松下来，父亲就开玩笑说，想起过去过的那些苦日子，就觉得现在是掉到福窝了。你放心，我不想死，也不会死的，我还想多吃几年细米细面的白蒸馍。他还说，小时候在南山，有一次砍柴回来，屁股后面跟着一只狼。狼和狗不一样，狗走起来尾巴是向上翘的，而狼走起来尾巴是吊在下面的。甩也甩不掉，他就坐在地上哇哇地哭。那狼绕着他闻了闻，就走开了。父亲说，他的命大着呢。

这样的光景又过了一些时月，父亲就不想化疗了，也不想喝那些中草药了。他说，你们都不要骗我了，一点小病打了那么多针，吃了成草笼的药还治不好，这病一定不是什么好病。他就闹着要回去，说人到七十古来稀，我也活了七十岁了，知足了。看到你们都过得好，都有出息，就是死了，我也满足了。不要再白花钱了，周总理得的这病都治不好，你们让我回去吧。父亲似乎是用一种乞求的口吻说这些话的。医生也说，这病本来到后面是很疼的，但你父亲不疼，这就是奇迹了。他想回去也好，想吃什么就吃点什么，想喝什么就喝点什么，生活质量好一点，也就是老人的福了。医院还准备了许多止疼的针，但父亲到终都没有用上。他是一点疼痛感都没有的，真是一种造化呀。

父亲回去后，还经常拄上拐杖在巷院里转一转。这家坐一坐，那家聊一聊，见一回亲一回，老伙计们还开玩笑地把烟袋锅伸过来馋他。到了最后的时候，他还让姐姐拉着他在村里地里周游了一大圈。架子车上面铺了褥子，姐姐又把被子盖在父亲的腿上，又把枕头垫在父亲的背后。不管见到谁，父亲都是笑呵呵地问候着。那时，正是麦收的时候，他似乎还很歉意地抱着拳头说：今年不能帮着大家扬场了……他曾对我说，要是他不在了，一定要把席面做好，要有鸡鱼带把肘子鱿鱼等，不要亏待了来帮忙的乡亲……

　　我接到家里的电报是七月十日早晨。电文的内容是：父病重，速归。那时，我已做了单位的党委副书记，拿到电报就要了车。那是我不多的私用公车的时候，我恨不得一下子飞到父亲的身边。可那车子在半路上抛锚了，任凭司机怎么鼓捣就是点不着火。我心急如焚，又打电话调车来，回到家已是下午三四点了。院子里到处是亲戚邻居，眼睛都是红红的。他们说，你爸从昨天晚上发紧后，就一直撑着等你。过一会就问，娃回来没有？过一会又问，我娃咋还没回来？不知念叨了多少遍了。你爸是忍着一口气，非要等你回来呀。拨开人群，跪在父亲躺的炕上，我的手紧紧攥着父亲的手，一声声地喊着：爸爸，爸爸，我回来了，我回来了。那种声嘶力竭的哭喊，惹得满屋的人都放声哭了。父亲，我的好父亲，我的忍着不死的父亲，在这滔天的呼唤中，终于渐渐地睁开眼睛了。当看清是我的那一瞬间，父亲的眼睛定住了，有一种明亮的光芒掠过。父亲似乎还轻轻地捏了我的手，嘴角微微地嗫嚅了，有泪从眼角缓缓地流出来。但就在泪滴掉下来的那一刻，突然，父亲的头倒在了我的怀里……我像发疯般地抱着父亲摇撼着：爸爸，爸爸……但我亲爱的爸爸再也没有睁开眼睛……

　　说也怪了，都说人死了身体是僵硬的，可我的父亲躺在灵堂上，从头到脚都是绵绵软软，温温乎乎的。在三天三夜寸步不离的守灵中，我不时地攥着父亲的手，也不时地抚着父亲的脸，我甚至把额头贴在父亲的额头上，我甚至不停地亲吻着父亲的手心手背。父亲的身体总是那样的绵软和温暖，就如他平常安静地睡着了一样。村里人都说，真是奇了怪了，怎么人死了还像活着一模一样呀。知父者莫如子也。我知道，那是父亲的灵魂没有走，那是父亲生命的尊严在支撑着，那是忍着不死呀。坚强了一辈子，争气了一辈子，温和了一辈子，微笑了一辈子，不到最后要出门的那一刻，我的父亲是不会把软弱、痛苦和冰冷的表情流露在乡亲面前的。父亲是要像活着一样，把那种永远的美好永远地留在他终生热爱的这个亲爱的世界上……

得胜有余

得胜有余

2011年的圣诞节，我陪母亲去了端履门教堂。端履门是过去文武官员上朝整肃束装的地方。在那里，我见到了对门娘，也见到了对门娘的大儿子王一。

王一的学名叫王学锋，弟兄五个，都是二十世纪五六十年代出生的。奇怪的是，这么一个基督教家庭，却给每个孩子都取了很政治化的名字。老二叫王学杰，老三叫王学海，老四叫王学禄，老五叫王学俊。我就想，那其中的意思，一定是让孩子们向着当时的英雄人物，诸如雷锋、王杰、焦裕禄等一一学习了。但从西安被下放到老家后，农村人觉得那些名字太文绉了，叫起来也拗口，就按了弟兄们的排行，叫他们王一、王二、王三、王五了。这样叫的时间长了，连对门娘也不叫孩子的大名了。每当做好了饭，娘就站在门口喊：老大、老二、老三、老四、老五，开饭了。听到了吃的呼唤，五个光葫芦就从外面跑回来，整齐地站了一排，齐声问娘：妈妈，啥子饭哟？娘是四川人，一直说着四川话，孩子们也是用四川话问的。这时，对门娘就会挨个摸着孩子的头，亲昵地说：快走，大米干饭哟。五个光葫芦围着小方桌狼吞虎咽起来，娘就站在一边，幸福地看着，并不停地嗔怪说：慢点，慢点吃，也没人和你们抢，小心卡了喉咙……

在教会旁边的平房里，我和王一说起了过去的事情，又谈到了父亲。他说：你爸真是个好人呀。那时，他是生产队长，社员们挣工分都是拈轻怕重的。每个工分才几分几毛钱，人们的积极性也不高，所以常常有许多活路就推不前去。有一年，天也旱，地皮都干得裂了口，苞谷叶子也卷成筒了。人和庄稼一样，盼雨盼水都盼疯了。大队找了公社，公社找了洛惠渠管理局，说再不放水浇地，今年的庄稼就要死了，人也要死了。上面的领导也重视水的问题，不几天，一米多高的水顺着洛惠渠就下来了。娃们家跳到渠里，在那闪亮的水头前面翻着跟头。两岸的人就像渠边的树一样，也高兴得手舞足蹈。挑着水桶，端着脸盆，人们忙不迭地往自家的自留地里浇。队里也派人拧开闸门，一畦一畦的苞谷苗见了水，那些叶子就像鸟的翅膀一样扑棱起来了。

可浇着浇着，地里滋滋的响声没有了。水断了。你爸扛着铁锨就去巡渠。斗渠没问题，是支渠上的一处河堤决口了，水顺着决开的口子已跑到了马路上。原来是一户人家嫌肩挑手提慢，偷偷在渠岸上挖了流水的槽子。槽子被水越冲越深，后来就大得堵不住了。看着如油一样贵的水白花花地跑掉了，你爸就喊了浇地的社员过来，抱了一堆树枝跳到了决口中。但土松水急，还没等你爸站稳，人就被冲倒了。你爸从泥里站起来，又抱了一捆苞谷秆堵在水中……

也是巧了，这时县上来了一群人，说是检查抗旱工作的。当时的县长姓什么记不清了，见了这情形，就一脚把几个年轻人踢到了水渠里，一边踢一边还骂着：你们这些二十啷当岁的姓娃不往前冲，计一个老汉在水里抵挡，你们这些缩头的东西，还像不像个男人。跳，跳，都给我往下跳。就这样，县长记住了你爸的名字。那一年，你爸披红戴花的，县电影院的橱窗里还有他的照片，十里八乡的人都知道你爸像黄继光堵枪眼一样的英勇了。但那一次，县上把你爸的名字搞错了。你爸叫得成，农村人有时舌头一低，就把"成"念成"胜"了。外面人一说起你爸的事，都说是得胜得胜的。但知道的人都知道，你爸的那个"得"是"德"呀。

王一爱学习，爱看书，讲起话来，也是滴水不漏。他的中学是在西安的一所学校上的。但很可惜，那个年代剥夺了他上大学的权利。他扶了扶眼镜接着说：又一年，生产队的麦子丰收了，八亩大的麦场竟没有留空的地方，乡亲们都高兴。可麦子碾出来，要扬场了，谁都愿意站在上风头，没人愿意在下风头。下风头的人是用扫帚扫麦堆上的麦壳和麦草，当然，那扬起的尘土也就随风扑面，会弄得人从头到脚跟"土人"一样的。你爸怕变天，怕麦粒淋了雨会发霉，也是不想让乡亲们再吃那黏牙的芽麦了。他光着背，光着脚，迎着那灰土麦草，一次次地站在下风头。一晌下来，头上身上眉毛胡子上都黏满了草灰，吐出的唾沫像稀泥一般。看你爸成了这个样子，似乎都没有站起来的劲了，我就过去帮着给你爸擦脊背。毛巾往盆里一放，水就成了泥糊汤。一咳嗽，嘴里咳出来的都是一块一块泥巴……

　　麦子晾晒好了，要入库了。那时，每个生产队都有一个保管室，粮食囤是一圈一圈用长条席围上去的。但人们都愿意从场里往回扛桩子，没有人愿意在仓库的麦囤上接桩子。桩子接上去要倾倒，还要用脚蹬开蹬平。库房里空间不大，麦一桩一桩地倒出来，就腾起一股一股的尘灰。那尘灰弥漫得整个房子就像浓雾一样，人睁不开眼睛，也透不过气来。社员们都是丢了桩子上去，空口袋还没下来，就憋不住了，捂住鼻子就扭头跑出来了。而你爸却一两个小时的在那里面，一句话也不说……

　　说着说着，王一就哭了。在他掏手绢的时候，正好对门娘进来了，她在礼拜堂弹钢琴刚下来。王一很孝敬，把娘扶坐在椅子上，还在娘的膝盖上搭了一条毯子。他似乎还没有从刚才的情境中走出来，继续抽泣着说：那时，我们家兄弟几个都陆续迁到了城里，但有一条政策，结过婚的户口迁不了，也不安排。我当时已成家了，也有了孩子，就永远留在老家当农民了。兄弟几个虽然都出去了，但地还没有收。看着我们两口忙不过来，一到麦收秋种，你爸就帮着我们摇耧扬场锄庄稼。那时，你爸已经病了，有时还咯血，但他给谁也不说。你爸做庄稼是一把好手，特别是种麦的时候，家家都等着他摇耧。有人等不上就回家吃饭去了，而一茬一茬吃饭的人回来，你爸还在地里给这家那家的摇耧。一到扬场的时候也是，他把草帽一戴，总是站在下风头……

王一再也说不下去了。娘在抹泪，我也哽咽得几乎要出声了。

父亲这一辈子，就是爱帮人，谁家有困难他都帮。他心中装着每一个乡亲，而唯独没有自己呀。记得有一次，是父亲出院后的一个月吧，我提了一兜子药回老家了。不知又是为谁家扬场了，当我进门的时候，他正蹲在院子里，光脱着上身，仰着脖子漱口。也如了王一所见的，一口一口吐出来的，都是连丝带挂的稠泥浆。当时，可能也是怜惜父亲，可能也是带着一种气呼呼的情绪，我就连珠炮似的对父亲说了一些不该说的话，至今回想起来都心痛和后悔。我对父亲说：人不为己，天诛地灭。你自己不爱惜自己的身体，你自己不珍惜自己的生命，那你的身体也就不会爱惜你，那你的生命也就不会珍惜你呀。听了这样的话，父亲竟然没有生气，只是慢慢地拾起腰，摇摇头说：人的命，天注定，但人的名，都在自己手中。人过留名，雁过留声。做个好人，有个好名声，也就不枉了这一辈子……

王一已是六十开外的人了，在西安的一家医院烧锅炉，每月能挣一千多块钱，干了多少年了，还是个临时工。他接着说：你爸一辈子积德行善，为别人活，为孩子活，也算积了德了，这德都落到了你们身上。现在，你们姊妹几个都有了好的生活和好的前程，这也是一种福报。他没有享福，而你们都有福了，也是一种得胜有余呀。

得胜有余

　　从教会回来的时候，对门娘从柜子里取出一帧挂历。每年圣诞节，她都是不忘给我们送挂历的。她说，这是上帝的祝福。挂历封面是一个十字架，红色的，像在流着血。有一只麦穗，颗粒饱饱满满的，闪着金色的光芒。上面印着字：你以恩典为岁月的冠冕，你的路径都滴下脂油。翻到一月份的页面：从岁首到年终，耶和华你神的眼目时常看顾那地。二月的页面上写着：你们要彼此相爱，像我爱你们一样，这就是我的命令。十月份的画面是：一片绿草中，开着一朵鲜艳的花，一只蝴蝶在花上飞着。花蕊是金黄色的，一层层，一圈圈，像一串串珍珠，也像一串串项链。那上面有字：靠着爱我们的主，在这一切的事上，已经得胜有余了……

信念的磐石

母亲年龄大了，腿脚不方便，但做礼拜是一次也不落的。圣诞节到了，我这个做儿子的虽然也有自己的信仰，但我还是像一个"陪读生"一样，又一次陪着母亲去了端履门教堂。

　　其实，我十六岁的时候就去过那教堂。那时我刚从农村到西安上学。原来住对门的伯伯因宗教问题被关在宝鸡的五里庙，对门娘带着五个孩子回了老家。那一家人可怜，加之对门娘是南京神学院毕业的，农村的活路和家务是一点也不会的。所以，父母亲就经常过去帮他们，诸如春种秋收，诸如缝被褥做衣服纳鞋底之类。那时，农村人都躲避着对门娘和孩子，而父母亲善良，两家人走得是很近的。到了1978年，对门的伯伯平反了，一家人又搬回西安，就住在端履门教会的平房里。我刚从农村出来，城里也没有什么亲戚，所以礼拜天就到娘的家里，也别有一番温暖和温馨。

　　做礼拜的人很多，那个尖顶窄窗的哥特式建筑风格的礼拜堂里坐满了人。外面的院子也放了一排排长条凳，挤得满满当当。安顿了母亲，我就在门口看圣诞节的活动安排。那节目单写在红纸上，贴了好几堵墙，许多人都在围着观看。忽然，我的手被人拉住了。回头一看，是对门娘。对门娘已是八十五岁的老人了，个子还是那么矮小，头发苍白了，穿了一身带福字的红棉袄，脸被映得红红的，眼睛中充满了慈爱的光芒。也是多年不见了，她一直攥着我的手。我们进了一间教会办公的房子，地上堆满了《圣经》，墙上挂了一排排照片，有的相框竟有一米多长。我凑上去看了，有伯伯参加中央宗教工作会议和国家领导人及各界宗教领袖的合影，也有陕西省的主要领导来教堂考察时和对门伯对门娘的合照。时代不同了，看着那些照片，我就想到宗教自由在我们国家已是怎样地受到尊重，宪法也不再是一种抽象的精神了。

　　我和娘面对面坐着。在知道我们一家都平安喜乐，各样事情都很顺利之后，她就说：现在社会这么好，可惜你爸走得太早了，要不然该能享多少福呀。她还对一旁的五儿子说：你德成叔有爱心，善良了一辈子，在最困难的时候，给了我们家大帮助，啥时候都不能忘呀。她回忆说，那时农村穷，粮食总是不够吃，她的老大结婚的时候，父亲从家里扛了一袋麦到她家，说：娃结婚是大事，这袋粮食你先应应急吧。在操办婚事的时候，父亲又自告奋勇做了总管。那时的农村，每逢谁家过事，都是一人随份子全家吃席。来的人多了，就有媳妇孩子的不停地往厨房钻，这个夹个馍，那个端碗菜，出出进进，连吃带拿的。父亲想着这一家人不容易，一个婆娘带了五个光葫芦，个个都是正吃饭的时候，又因男人被政府关押而遭冷落，平常借给他们粮食的人也不多，后面还有几个孩子要办事，能省一点就省一点，不能像赶集一样，这个那个的，一口两口的。所以，管束得就严格。没事的时候，总是站在厨房门口，谁也不让进去。村里人为此还议论父亲的闲话，说：又不是你家过事，跟个黑脸包公一样戳在那里。人家主人都不说啥，看他那正经八百的样子。但娘家那次过事，因了父亲这样的好管家，馍头菜肉都有了许多剩余。娘还记着这件事，她一再说：你爸真好呀，为了我们家，他得罪人了。

　　对门娘还说到一件事。那是二十世纪六十年代末，她带着孩子们回到老家。伯伯弟兄两个，他从小出门了，那座院子弟弟一家人住着。现在他们拖家带口地回来了，伯伯的父亲就把院子一分为二，从中打了隔墙。宽宽大大的院子住惯了，窄窄长长的院子让弟弟和弟媳觉得堵，好长时间心里都不痛快。日常的纠葛就不说了，每逢亲戚们来看老人，礼物都是放在那边，但快到吃饭的时候，弟弟就领着亲戚们过来了。有亲戚从远处近处来，娘总是欢喜不已。她就提壶倒水系围裙，手忙脚乱地拾掇饭菜了。父母知道娘是知识分子，日子虽过得艰难，但把面子看得比命还贵重。每逢此时，就提些菜和馒头过去了。娘不要，她知道我们姊妹四个，日子过得也紧巴。父母看着她家的面缸和菜篮子，就生气地说：谁跟谁呀，招呼客人要紧，总不能让人家光喝水喝汤吧。为此，对门的弟媳妇有一次还来家里唠叨说：人家来了客人，好像你家来了亲戚，不沾亲带故的，你们张罗个什么劲。高高兴兴地送走了客人，娘就跑过来对着父母哭，说：远亲不如近邻，今后可怎么报你们的恩呀……

　　确实，那些年月，对门娘家遭了罪，也受了不少白眼不少作难。后来我听母亲讲过，对门伯伯在劳动改造的时候，曾经有过怎样坚强的精神和善良的心。那时，伯伯在宝鸡五里庙的窑场背砖，冬天还好受些，可到了夏天，刚出窑的砖块烫呀，他就穿了浇湿的棉衣来来回回地驮背。在监狱的时候，也有少量的津贴，但他从不花钱，总是积攒着，几年下来，也有了一笔收入。有一年，南方发大水，他从报纸上看到了，就把那些钱都寄出去了。灾区政府把感谢信寄了回来，监狱落实来落实去，却总落实不出是谁寄去的。伯伯也是南京神学院毕业的，英语好，寂寞的时候，他就抄英汉词典。记得有一次，我和母亲到他们西安的新居，伯伯从箱子里取出一捆捆发黄的小本本，密密麻麻，工工整整，一字一句，上面竟抄写了那整个的词典，垒起来有几尺高。我当时就感动了。在那样艰难的岁月里，伯伯竟能如此生活着，他心中有着怎样坚忍的信念呀。没有想到，当我问起那段特殊经历的时候，他却说：那些年，上帝把我放到了保险箱里，我是心存感恩的。社会上那么乱，要是我在外面，可能早就被折磨死了。我们有的牧师，就因不堪精神和肉体上的打击和摧残而走了那条路……

礼拜结束了，我和母亲要回家了。对门娘又送给我们一份挂历。挂历的底色是红的，有隐隐约约的青山和松柏。一轮太阳，也像一颗心，一朵朵的云彩在天空中飘飞。见云思亲呀。从那祥云的灵动中，从那松柏的坚定中，我又想到了已在天堂的父亲，想到了至今还站在十字架下讲经论道的伯伯。虽然这挂历的封面上没有十字架，但在那青山红日的影印中赫然有五个大字：信念的磐石……

浇地的哲学

昨夜，做了一梦，似乎是在一片呼呼啦啦的苞谷地里。苞谷地呈台阶形状，台上的那片高地是我家的，台下的那片低地是邻家的。不知是因为下雨还是浇地的跑漏，那低处的地积了一汪一潭水，明晃晃地闪着光。而我家的地却干旱着，叶子黄黄的，像绳子一样拧了起来。也是心里着急，蹬掉了布鞋，挽起了裤腿，手持了铁锨，似乎还光着脊背，我就下到邻家的地里挖开口子。那闪闪亮亮的水随了我的铁锨，似乎还是倒流着，一股一股地就进入了我家的苞谷地。我害怕那水因了我的松懈而突然断了，手里的铁锨就一直往上提呀提……那些怀里别着红缨子的苞谷穗，怎么个个都咧开了嘴巴，笑得东倒西歪的，你挤我，我挤你……

梦醒了，我就沉浸在关于浇地的回忆中。

记得有一次，是夏天吧，下雨了。我家地头的小沟渠里积满了水。我跟着父亲来到地头。父亲提着桶，我端着脸盆，一趟趟地来回往复着。包谷叶子尖利，我的脸上胳膊上被划出了一道一道血印了。还记得有一年，天旱了很长时间，父亲从村里的井里挑了水，一窝一窝地浇在苞谷根上。水是庄稼人的宝呀，特别是夏天，土地正是张口裂皮的时候，没有了水，那就像沙漠里的人，是会被渴死的。

我的老家虽然有洛惠渠，比再北边的地方要好多了，但浇一次地还是不容易。一年的大部分时间，洛惠渠是干的。为了防止跑冒渗漏，老家人用水泥板砌了边坡，也在两岸栽满了树，闸门也是上了锁的。洛惠渠放水的时候，先是从干渠闸门放出来，然后支渠又有闸门，斗渠又有闸门，引渠还有闸门，似乎是"过五关斩六将"，水才能流到田间地头的毛渠。那些大大小小的水渠像人身上的血管，也像一棵树的枝枝杈杈，也如织网一般，遍撒在老家的土地上。水对庄稼人而言，也如命一般。无论拧哪道闸门，都有先后顺序，都要办手续。水闸一开放，河渠两边的人就像树一样站满了。大人们在恭候着，我们这些孩子就在水头前面疯跑。水撵着我们的脚后跟，也拥着枯草腐叶往前走。碰到有树根草堆或砖头瓦块凸起的地方，那些草和树叶子就被纠缠住了，旋几个水圈，又像鱼儿一样翻着浪花跳跃过去了。一段一段，一家一家挨着浇地，谁要是越线插队，那是要骂娘打架的。

　　谢天谢地，终于轮到我家了。父亲的手快，一锨上去就捅开了畦梁，那黄泥一样的水瞬忽就钻进了密不透风的青纱帐里。父亲在水的上头，我在地的另一头。似乎还是在很远的地方，我就听见那水在起皮裂口的地里滋滋作响，像极了孩子吸吮母乳的那种急匆匆的声音。蔫得已低了头缩了叶子的苞谷苗，一见到水，也就如孩子一样欢乐欢快了，个个都精神起来了。但也有精神不起来的，因了地的高低不平，低处的吃饱喝足了，而高处的够不到水喝。父亲是种庄稼的行家，他会铲出一道道的小沟把水引过去。我之所以要站在地的另一头，是负责给父亲报讯的。老家的地都是吊长吊长的畦子，浇地的水是不能等流到头才封堵上面的口子，那样水会趁着惯性冲垮地头的堰梁。所以，在那漫卷而来的水离地头还有几米远的时候，我就要朝父亲那边喊关水了。有时，我也是太贪心，想让水在我家的地里多流一会，就迟喊了父亲，那水就足起来溢出去了。有一次还冲垮了堰梁，跑到了坑洼不平的马路上。骑车子的人不得好过，就大声嚷嚷着。父亲也过来了，一脸的不高兴，不住地用眼睛斜瞪着我。他取土堵了冲开的水口，一锨一锨又把那流出来的水撩回去，边撩还边抱怨说，人心不能贪，人心一贪，就会像这水一样，最后连原来应有的也没有了。我红着脸，挽了裤腿下去，用双手做瓢，也一瓢一捧地把水往回撩。因了我的一念之差，白白浪费了许多水，现在想起来都觉得惭愧和可惜。

最近，到铜川的耀州瓷博物馆参观，看到了一个杯子。那杯子叫"公道杯"。讲解员举着那不大的青瓷杯子说，这杯中的水灌到一定尺度，是不能再灌的。超过了一定的尺度，满满一杯水就会漏得一滴不剩。人心不足蛇吞象。贪婪过了头，最后是什么都不会有的。在回来的路上，我们拐到一个朋友那里。这朋友原来是个政府官员，后来办了停薪留职，这几年因为倒卖煤炭而发了。在他阔绰的办公桌上，也放了一只这样的杯子。我就说，你现在已是红得发紫了，放这么小个杯子干啥呀？他倒仰在老板椅上，一边把玩着那杯子，一边用眼睛神秘地望着我。临到要走的时候，他对我说，这杯子救过他的命。如果不是这杯子每天"开口说话"，可能他早就被关进去了……

我的母亲

亲　戚

　　关中这一片土地，节气是特别准的。我怀疑那农历就是按照关中的经纬而量身打造的。你看，霜降刚刚过去，那小雪大雪的就纷纷而来了。望着那漫天漫地的雪花，我就想着要回老家接母亲了。但似乎总是忙着，也不知道整天都在忙些什么。

　　一天晚上，我梦见了母亲。她似乎是在村外的野地里，那地里有歪歪扭扭的树和坎坎坷坷的土块，母亲拄了拐杖，在寒风中走着，但那拐杖在空虚的地上一拄就陷下去了。母亲走得跌跌撞撞，满头白发飘散着，衣角也被吹起了。在温热的被窝中，似乎格外地感到了母亲的寒冷，我就呼唤着母亲，向母亲奔去……

　　我的母亲是山东人，却是在老朝邑黄河滩的草棚中出生的。他们住的村子叫鲁安村，那地方还有叫豫安村的，都是从山东、河南逃荒过来的。因为难民太多了，当时还新设了一个平民县，在黄河老崖的东边。二十世纪三四十年代，到处兵荒马乱的，黄河似乎也总是发洪水。听母亲说，有一年那水发得大了，一直淹到了屋檐上。她是被姥爷从窗户扶到房顶，又从房顶上抱住了一棵树。那水越漫越高，淹没了房子，又几乎要漫上树梢了。姥爷抓住了从上游漂来的一根木头，父女俩就是抱着那根木头逃到岸上的。回头再看那些村庄那些树木，已是一片汪洋了。

　　新中国成立后，母亲很幸运地嫁给了一个城里人。那人家在何处是干什么的母亲没有说，我只是知道他在省城工作。后来，不知是那男人，还是那男人的家里人，嫌弃母亲没有文化，总是找一些节外生枝的事情。受不了那种冷眼和歧视，母亲断然离开了那个家庭。那时，父亲也是刚丧了妻，在打麦场收晾花生的时候，就爬到低矮的墙上，有时也在花生垛的后边看母亲。也是同病相怜吧，由一个姓乔的人从中牵线搭桥，父亲和母亲便结婚了。

我们姊妹四个，姐姐是1958年生，小妹是1969年生，都是生长在最困难的年代。母亲整天胃不好，吃了的东西不往下走，总是像石头一样顶在胸口。吃不了饭就没有精神，但母亲还是起早贪黑，撑着身子下地干活。为了能多挣几个工分，晚上还踏轧棉花机子，一踏就是一夜，有时踏着踏着就睡着了。那弹棉花的房子到处挂了花絮，也弥漫了浓浓的尘雾。为此，母亲害了眼病，眼角总是被一层红红的血笼罩着。当时点的眼药膏叫"红霉素"，是治角膜炎的。因了这样的劳作，加之从轧花机子抽出来的阴风，母亲永远落下了腿疼的毛病。年龄大了，不能走路，一走起来关节就咯嘣咯嘣地响，像是里面的骨头散碎了似的。

印象深的还有我家炕上的蒲篮，竹篾编的，边沿上缝了花布。里面放着剪刀尺子楦子，还有各色的布条和针头线脑。那时，我和小伙伴们爱比赛着爬树，上上下下的，那粗巴的树皮和枝枝杈杈就挂破了裤裆裤脚，母亲晚上就穿了针线在灯下缝补。那时，母亲年轻，穿针引线的动作也麻利，把线头在嘴里抿一下，湿了的线头尖尖的，对着针眼轻轻一捻就过去了。特别是快到过年的时候，厦屋的灯不到熬到没油的时候，她是不会收活的，针尖在她的头发上被磨得锃亮锃亮。我们家的穿戴铺盖，大多是姥娘织的，也有母亲自己织的。有的布一织出来就带了横竖的红蓝条或方花格，也有的布是要染印的。染布是在吃饭的锅里，母亲把那些白布用擀面杖翻来挑去的，要什么颜色就能变成什么颜色。还有我们穿的鞋是母亲纳的，我们围的围脖，戴的手套，都是母亲织的。我常常惊奇母亲手里的钎子，怎么跳来跳去就挑出了那些活灵活现的小动物。当然，有时也会从集市上扯了洋布回来，母亲牵着我的手就去了那个心灵手巧的裁缝女人家里。那一身香气的女人转着圈，用皮尺在我身上拉来量去的。随着化石粉划在那光滑的布面上，我的欢喜也就在脸上写满了。可能是穿新衣服心切，每次放学路过那个裁缝女人的门口时，我总要踅摸进去看她踮着脚尖踩踏缝纫机的美好样子。穿上那流光溢彩的新衣服，我就不想脱了。但那时吃饭几乎都是急火火的，所以就有油渍沾在胸前和袖口。再则，乡下的冬天冷，鼻涕似乎也多，有时也是习惯了，一不留神就用袖子抹，抹脏了又后悔得自己扇自己的嘴巴。母亲爱干净，就放进铁盆里搓洗了。那水是漂浮了一层薄薄的冰凌的水，母亲似乎也不觉得冷，总是打了洋碱在上面，搓了，过水，又搓一遍，又过水，这才拧干搭在屋里拉起的晾绳上。冬天的衣服是不能搭在院子里，特别是那洋布削薄，也比土布娇气，搭在院里就冻成了冰，人一撞上去，那冰布就断裂了。母亲心疼那几块钱的好东西，所以就笼了柴火在屋子里烘干。虽然那衣服上的水滴得脚地湿注注的，但很快我又能穿上新衣服在外面显摆了。真的，当穿着新衣服到亲戚家去的时候，大家都要围着我看。我是家中唯一的男孩，被称为"倩宝宝"，无论是吃的穿的，父母都是先紧着我，亲戚们也惯着我。每当我的姑夫，还有姨夫把我架在脖子上到巷院中串门的时候，不免要引来一片漂亮的啧赞。而这时，母亲总是乐得合不拢嘴……

母亲最爱说的一句话是，我一辈子不识字，你们要争气，就是再苦再累，也要把你们姊妹几个供出来。我大学的通知书送来的时候，母亲哭了。不为别的，亲戚邻居都说要大庆一下，而家里却没有买肉灌酒的钱。有一次，我从外面回来，母亲和父亲正在吵架。母亲说，娃快走了，亲戚邻居都要来贺，你出去借点钱，咱也该准备准备了。但父亲不去，说要借你去借，我都借了人家多少回了，嘴再也没法张了。母亲就说，一个男人家不管事，让女人去外面给人家揉脸，亏你还能说出口。但父亲说什么也不出去借了，说光借不还，我见了人家都躲着走。两个人就这样你推我吵的，气得母亲就趴在炕沿上哭。我考上学的信三舅收到了。三舅在兰州工作，寄来了一百元钱。那时的一百元钱可顶大用呀。家里摆了几桌酒席，买了高瓶的那种西凤酒，买了宝成牌香烟，也买了几斤水果糖。母亲见人就散，脸上因喜气而泛着红润的亮光，那样的神采飞扬是我以前没有见过的。

父亲是在我三十六岁的本命年里去世的。那是人生的一个门槛，我过去了，却把父亲挡在了这个坎的外面。那时，我已做了一个企业的领导干部，村里人都说父亲有福了，父亲却总是说，有啥福呀，有豆腐。父亲因长年的劳累和艰苦的生活，先是有贫血，后又患了肺结核，后来不知怎么的吃药伤到了肝上。我虽用尽了心力，但仍没能挽留住父亲的生命。父亲临终的时候，一再嘱咐我说，你妈有福，咱家的福都是你妈带来的。我不在了，你要照顾好你妈……

从此，我就把母亲接了同我们一起住。十几年了，母亲闲不住。我的女儿从小学到高中毕业，早中晚的饭都是母亲做好端上桌的。我常常惊奇母亲做饭的时间是那样准确。多少次看了表，母亲总是六点半起床，洗漱了就进厨房。七点一刻，做好的饭菜就摆在餐桌上。还有就是母亲每天做的饭菜，竟没有重样的，好像食堂的食谱，今天明天，早晨晚上，不停地变化着花样。我是最爱吃母亲做的饭的。场面上吃来吃去，那不是吃饭，是吃排场。母亲做的家常便饭才是最好的饭。孩子也爱吃母亲做的饭。有时老家有事，诸如亲戚的孩子结婚或有老人不在了，她回去了几天，孩子就打电话催母亲回来。吃惯了奶奶做的饭,外面的饭不香。逢到孩子考试的时候,老家再有事,母亲是不会回去的。但人不回去,礼是必到的。她总是嘱咐姐姐妹妹过去给人家随份子。她说,都是乡里乡亲几十年了,人家过去帮过咱,咱知道了就要有礼性,啥时候都不能失礼呀。有一次,我陪母亲回去,老家的两扇大门上竟写满了"请"字,重重叠叠的有几十家之多。母亲说,农村人礼数到,你行了份子,礼谱上有你的名字,人家就要挨门请到。虽然你人在外面,但你的心意人家没有忘呀。

  如今,母亲已是七十八岁的高龄了。我的孩子上了大学,又出国了,她觉得她的任务似乎完成了。正好姐家添了孙子,儿媳妇又在县上工作,一个人也忙不过来,母亲就急着要回老家,说是又有新任务了。母亲回去了,我的心空落落的。记得一个朋友写过一篇散文,那上面有两句话:太阳落了,天空了。月亮落了,夜空了。母亲回去了,我的心也空了。我不停地做着姐的工作,要接母亲回来,而姐就是推托着不让走。弄得母亲常常说,一个老婆子,啥也干不动了,儿女们还争着抢哩。

  有一句话叫,家有娘,比人强。还有一句话叫,家有娘,心不慌。对于这两句话,别人怎么样我不知道,反正我是信了。

我的母亲我的神

亲 戚

周末,母亲去端履门教堂做礼拜了。妻子学校有事,出去了。女儿住校,没有回来。一个人闲得无聊,我就在书柜的抽屉里胡翻腾。

忽然,翻出了一个黄皮的本子,上面记着一些三十年前的事情,就饶有兴趣地看着。因为是用圆珠笔写的,有些字洇得已经看不清楚了,能看清的文字都是撇胳膊撇腿的,就像年轻时自己那毛头毛脚的稚气的样子……

那小本子上,记着我和母亲过去的只言片语,断断续续,有些在前,有些在后,我把它们有逻辑地结构在一起,权当是今日的日记。

小时候出门,我总是牵着母亲的手,有时也像小尾巴似的,跟在母亲的身后。

记得有一次,跟母亲到地里拾柴火。那时,农村人很少烧煤,做饭烧炕都是用树枝棉花秆豆子蔓之类,谁家富有比的是柴火的高低,也有比粪堆大小的。肚子都吃不饱,还谈不上比谁家的房子修得高修得结实漂亮。母亲背了一大捆柴火,我背了一小捆柴火,就往回走。我们抄了一条近路,要过田间的一道水渠。母亲一迈脚过去了,而我望着那水渠就胆怯了。渠里的水黄泥稀汤的,我害怕掉进去。我知道,每当这个时候,母亲是会拉我的。可这一次,母亲没有放下那沉重的柴火捆子,而是摆着手,让我自己往前走。母亲说,你慢慢也大了,总不能让大人整天抱着过。那时我才五六岁,望着那河水双腿打战。母亲生气了,也不理我,自己背着柴火独自走了。我委屈得直想哭，也在心里怨恨着母亲。四周的田野空旷旷，没有一个人。我知道是不会有人来扶我了，就咬了牙，把劲往脚上鼓着。其实那水渠也就二尺宽，水也浅得只能没了脚面，我一迈步，脚陷在了岸边的湿泥里，但连滚带爬还是跨过去了。那是我自己跨过去的，以前从未想过能够跨过去的——人生的第一道坎……

等到我上学的时候，家里有了自行车。放了学，母亲就拉着我，到村口的打麦场上学骑车子。记得我的个子和自行车一般高。母亲从后面扶了车座，我就把腿掏在自行车的三角梁里，像踩跷跷板一样，一上一下地蹬踏着。但我胆子小，总害怕在车子飞跑起来的时候，母亲松了手。所以，蹬得很慢，也不敢用力，而且眼睛总是往后撇着看母亲。母亲就生气了，不住地喊着：用劲，用劲，眼睛往前看，往前看。当我脚一给劲，头看了前面的时候，母亲的手就渐渐地松开了。有几次，连人带车摔在了地上。每当我摔倒的时候，母亲就在后面笑，笑得咯咯咯地响。我在心中怨恨母亲，心想人家摔得要死，你还这样得意。但说实话，当时我学骑车子的心情是十分迫切的。母亲笑着走过来，也不拍打我身上的尘土，边拾车子边说，不摔跤咋能学会呢，哪个孩子不是这样摔打出来的。之后，就用几乎是命令的口气，让我再跨上去。就这样，往前看，用劲蹬，走，走，走……在母亲不停的大声喊叫中，我拥有了高超的技术和本领，以至于后来在田间地头那窄窄的小渠岸上，在深深的马路辙沟里，我竟能快骑如飞……

正当我翻着记忆的日历，自个儿偷着乐的时候，母亲从教会回来了。我冲着她做着鬼脸。以为我是取笑她走路一拐一拐的，母亲就假装生气的样子说：七十多岁的人了，不中用了。你笑，你笑，等你老的时候，还不是和我一样地拐着……我扶她老人家坐在沙发上，端了水打躬作揖地敬奉到她老人家手里。我问母亲今天又学了啥"功课"。母亲边喝水边说：出埃及。上帝让摩西领着以色列人出埃及。到了一片旷野，没有水。上帝说，往前走。又走了三天三夜，有了水又不能喝，那水是苦的。有人就怨恨上帝。上帝指示说，往前走。到了一个叫以琳的地方，那里有十二股水泉，七十棵棕树。后来，从以琳起行，又到了一片旷野，没有了吃的。有人又怨恨上帝，说将我们领到这荒野，是要叫我们饿死呀。上帝又说，往前走，继续走。到了晚上，有一群鹌鹑飞来，遍满了营地。第二天早晨，人们看见旷野上，到处是如白露的小圆物。摩西对大家说，这就是耶和华给你们的食物……

　　哎哟，我的神呀，我的母亲。三十年后的今天，我已身心疲惫，你是在随意地讲着圣经的故事，还是又在给你的儿子鼓舞着信心和勇气……

翘首以盼

1978年是恢复高考制度的第二年。那一年，我初中毕业考上了中专。父母的心情，同分到土地的庄稼人的心情一样，充满了喜悦。当时，有两首歌让我记忆犹新，一首是《在希望的田野上》，一首是《祝酒歌》。对于没有任何背景的农家子弟来讲，对于我们这样世代耕作的人家，我的金榜题名意味着改变了一个家族的命运。

我穿着布衣布鞋走进了西安这个大都市。因家庭贫寒，我每月还能享受十四块五的助学金。有一年冬天，学校还补助了我一床棉被，睡觉时身子就不再蜷缩在一起了。记得我的班主任还带我去她家吃过饭。我当时十六岁，个子矮小，老师领我去她家的时候，是亲切地摸着我的头走的。我学习的刻苦精神和成绩，老师和同学们都交口称赞。我写的作文还被拿到几个班级点评过，老师的批语比我的作文还要长。

我把校园的生活写信告诉了父母亲。姐姐给我回信说：父母因儿子在省城读书，在家干什么都有精神，地里的庄稼长得也特别好。我每去一封信，他们就会把信的内容张扬给亲戚邻里，谁到家里来就把信给谁看，很长时间都沉浸在幸福之中。父亲为了让我在外面不受紧，农闲时还到砖厂给人家背砖。冬天还好受，夏天从窑里刚出的砖块，滚烫滚烫的。为了挣钱，父亲大热天竟穿上了棉袄，并且要用水把棉袄浇湿，一趟一趟地驮背。母亲在给父亲送饭的时候，有时也穿上棉袄背砖。生活虽然艰辛，但父母心劲十足，整天见人都是乐呵呵的，儿子撑起了父母的精神和腰杆。

一个学期过去了，儿子要回来了。父亲就有些得意地跷着腿，笑容可掬地坐在村口。母亲站在那里，一只手搭在额头上，企望着儿子归来。每当我要回来的时候，父母就吩咐姐姐骑上车子，到集市上买点菜买点肉什么的，并且要把抱我长大的姥娘也叫过来。接到了儿子，父亲照样要领着我，参观他种的那片丰收在望的庄稼，参观他新栽的苹果苗，参观那块快要成熟的西瓜地，一边看还一边讲着村里发生的新鲜事。真的，我每次放假回家，父母都是这样老早就守在村口，就这样坐着站着。村里人都对我说，一看你爸你妈站在村口，满世界的人都知道你要回来了。

收假走的时候也如此。走的前一天晚上，亲朋好友就来家里了。有的用手帕包几个鸡蛋，有的带点水果，有的送双鞋垫，反正要把提包塞得满满当当了才罢休。有几次，家里人硬往里装东西，竟把提包的拉链撑断了，撑断了母亲就用针线再缝上。那一刻，我真切地感到慈母手中线，不仅仅是意恐迟迟归，它缝的是无以复加的沉重的爱啊。

第二天走的时候，父母和姐姐妹妹照样要抹泪，并且一直要送到出了村口很远很远的地方。我上了车子，骑了好大一会儿，再回头的时候，却看见父母还不停地跟在后面走着，走着……直到我的泪水模糊了老家的天地……

如今，父亲已离我们而去，母亲还在村口守望，姐姐还在村口守望。记得在父亲弥留之际，我在八百里秦川的西部宝鸡山城工作。接到电报后，我和司机驱车火速往回赶。不料没走多远，汽车坏了。我又从单位调车来，拼命地往回赶。那时高速公路还没有修到老家，几百里的路程竟折腾了六七个小时，而父亲却一直坚持着等我回来。当我跪到他老人家的床前，喊了几声"爸爸""爸爸"的时候，父亲突然睁开了眼睛。我紧握住他的手,他对我笑了一下,就倒在了我的怀里……

　　写到这里,我想起了李商隐的那首诗:相见时难别亦难,东风无力百花残。春蚕到死丝方尽,蜡炬成灰泪始干。

老家门上的『请』字

父亲是1998年去世的。那时,我们家的门房在那一条巷中还是"鹤立鸡群"的。屋脊上有鸟兽,门前有几级台阶,大门是黑油漆漆的,门环泡钉都闪着亮光。但父亲不在了,姐姐妹妹已出嫁,我又在城里工作,偌大的一个院子,就只剩下母亲一个人了。

我决定将母亲接到城里住,可姐姐和妹妹说,母亲在农村生活了一辈子,这些房子都是父母的心血。我们都离得近,早晚会经常过来看母亲,也随时可将母亲接过去住。但我还是想着,姐姐妹妹家有那么多地,又要种粮食,又要务瓜果,还要照顾几个外甥上学。我是家中唯一的儿子,赡养老人应该是儿子的本分。就这样,姐姐要留,大妹二妹也要留,母亲就说,一个农村老婆子,都七老八十的人了,啥也干不动了,你们还争着抢哩。

那天,要出门的时候,母亲对姐妹们说,以后巷院中谁家有啥事,一定要给我打声招呼,都是乡里乡亲几十年了,咱可不能人走茶凉……

父母在村里的人缘好。善良,厚道,有爱心,无论自己怎样苦,总是想着要帮助别人。这一点,是有口皆碑的。

记得小时候农村穷,这家那家的常有断顿的时候,互相借点粮食是常有的事。也是物以稀为贵吧,每当有揭不开锅的人家端着粗瓷碗出门时,有的人家就把大门关上了。那时,我尚年幼,看见别人家关门上锁的,就想跑过去关上门闩。但父母每次都会说,家家都有难处,人都有个面子,你把门关上了,那不等于扇了人家的脸吗?就这样，虽然我们家的粮缸也是快要见底了，但父母还是热情地招呼人家进来，并一升一碗地盛满了米面。院子的小菜园有辣椒豆角的时候，母亲还会摘一把两把的让人家带上。

当然，我们家也有揭不开锅的时候。记得有一次放学回来，大门紧闭着，母亲和父亲在院子里吵架。父亲说，我是不会出去借了，都借了人家好几回了，去了也张不开口。母亲呛着说，你一个男人家不伸头，难道让一个女人家去跟人家揉脸？不借，不借，不借点粮食，娃回来喝西北风呀？听着母亲的话，我就坐在门墩上流泪。母亲拗不过父亲，气呼呼地拉开门，见我坐在门口流泪，一把将我揽在怀里。借来的米面是平沿的，而到还的时候，母亲总是要盛得冒了尖。父母一生都不会亏欠别人。

在农村，摇耧是个技术活。行子要直，种子要播均匀，深浅也要掌握得合适。父亲是种庄稼的把式。每当播种的时节，他就成了村里的大忙人。有时乡邻们来找他，遇到家里没人的时候，那些叔伯姨婶们就会用粉笔或是土块，在大门上写："某某某家请。"看到这样的字样，父亲就会赶了去。那些天，父亲总是脚不挨地地四处跑着。但往往是别人家的麦子都已破土发芽了，我们家的地还没有种上。这样的事，乡亲们都记在心里。

父亲去世的那几天，几乎全村人都来吊唁了，家里挤得像是赶集，老一辈的人哭，晚一辈的人也哭，男女老少，送葬的队伍有一里长。大家说得最多的一句话是：没有了这个人，以后请谁摇耧呀。

母亲常年住在城里，但心思似乎总在乡下，经常给老家的人打电话。我的姐姐和妹妹来看她了，她会把村里的人问一圈。谁家的老人身体咋样？谁家的儿女成家没有？每当知道谁家有婚丧嫁娶的事，谁家的孩子要上大学了，谁家的孙子要过满月了，她就吩咐姐姐或妹妹去行礼。姐姐和小妹住在我们邻村,大妹与我们是一个村子。每当看到她这样"安排工作"的时候,我就和母亲开玩笑,说老妈呀,你的心也操得太长了,还"遥控指挥"哩。母亲也不生气,总是重复着那句话:都是乡里乡亲的几十年了,老门老户的,人家过去帮过咱,咱知道了就要有礼性,啥时候都不能失了礼。

今年秋天,正是田野中瓜果飘香的时候,有个亲戚的孩子要结婚了。正好是周末,我陪着母亲回了趟老家。村子里的人都富裕起来了,家家的门楼像门前的树木一样高大。相形之下,我家的老屋就显得矮旧多了。门前的台阶也低了,大门也窄了,门环门锁和泡钉也生锈了。但大门背后当年父亲用红油漆写的字还在,那是记着我们姊妹几个的生日。父亲已走了十八年了,但令我惊异的是,那两扇门板上却多了许多"请"字。"某某某请""某某某家请""某某某全家叩谢了",密密麻麻,重重叠叠,两面门上几乎要写满了。我粗略数了数,竟有几十家之多。大门上的油漆已褪了颜色,那些"请"字在太阳的照耀下,却显得格外耀眼夺目。母亲说,农村人礼数到,你行了份子,礼谱上有你的名字,人家是要挨门请到的。虽然你人在外面,但你的心人家是不会忘的。

在老家住的那两天,母亲像"明星"一样,这家那家的都来请她吃饭,你拉我拽的,都说是要还礼。实在应付不过来,那些失请的人家就提了瓜果鸡蛋挂面来送给母亲。那两天,母亲的泪总是抹了又抹,我的眼睛也是湿湿的……

回到城里已多日了。因为十六岁就离开了老家,四十年过去了,村里的人特别是那些年轻媳妇和娃娃,我已认识不了几个了。物是人非,老家显得那样陌生,一切似乎都渐渐淡漠和遗忘了。但老家门上的那些"请"字,却一次次地来到我的梦中……

连畔种地

亲　戚

　　分田到户的时候，村里人意见不统一。因为地貌地况差别大，家家都不想吃亏。那土地有塬上的坡地，有塬下的平地，有离水近的地，有离水远的地，还有盐碱地，还有靠坟地的地。最后，一致的意见是把地按片分，好地人均，孬地也人均，而且每片都抓阄，排出挑选的顺序。这样，那土地就成了老和尚的百衲衣。我家共分了六亩六分地，散落在坡上坡下三个不同的地方，其中最肥沃的一块和佩琴婶的地做了邻居。

　　佩琴婶是黑娃的女人。黑娃从小就没了爹娘，独自一个人浪荡。那时，父亲刚从湖北竹山落脚到老朝邑，也是一个人过。黑娃和父亲同病相怜，两个人整天混搅在一起，就结成了铁杆兄弟。后来黑娃跟师傅学了厨师，到了县供销社做饭，后又到铜川煤矿做饭，佩琴婶带着孩子就经常随了黑娃住在外地，只有麦秋两料收种的时候才回来，平常零敲碎打的活路就委托了父母照料。黑娃两口也好，每次回来都提了东西来看望父母，到了开学的时候，也拿了钱帮我们姊妹四个交学费。

　　有一年，麦子收了，要耕地种玉米。佩琴婶急呼呼地来我们家说，她要回铜川，黑娃叔的煤矿在北京开了个办事处，单位决定让他去办伙食。大平小平大丫二丫在矿上的子弟学校上学，她要去照料孩子，拜托父母把那块地替她种上，并把苞谷种子也带来了。

　　村里平展的那块水浇地，家家都分得有，家家的地都是窄长窄长的。为了赶墒期，父亲就把两块地统一犁了，耙了糖了之后，让母亲和姐姐搂畦梁子，他给人家还牛去了。等父亲回来的时候，母亲和姐姐麻利，竟把畦梁搂好了。父亲就笑着后背了手，弯腰瞅那畦梁子端不端。可他发现那畦梁越是往前，越是往我家的地里偏。到了地的那头，竟与界桩偏离了一二尺远。父亲就生气了，让母亲和姐姐把斜了的地方再扶正回来。母亲和姐姐已累得汗流浃背，没了力气，就说好不容易搂好了，先种上再说吧，佩琴家也没人，斜一点就斜着，到收苞谷的时候，多给她点，补上就行了，人累得像啥似的。可父亲不愿意，一耙一耙地又把偏过来的畦梁子挪了过去。

何止如此，到了该锄草的时候，父亲总是先锄佩琴婶家的地，然后才锄我们的地。给地里浇水也是，先浇人家的地，再浇我家的地。有时浇着浇着渠里就停水了，我家的地旱着，叶子黄了卷了，而佩琴婶家的地却绿油油的，一片生机。母亲就生气地说：就你心眼好，光知道亏自己。父亲笑着说：吃亏是福，黑娃两口子托了咱，人总要讲点义气。

那年秋收，佩琴婶因照应四个孩子上学，也没有回来。我们两家的玉米都晒在场上。村里人看到了就说：手心手背还是不一样，你看佩琴家的玉米，席子大一片，而人家的玉米却海的……

父亲也不吭声。春节的时候，黑娃一家回来了。父亲拉了架子车，把那海的玉米送到了黑娃家里……

再后来，我们姊妹四个结婚的时候，黑娃都从北京赶回来，亲自上手做宴席。父亲去世的时候，黑娃和佩琴跪在父亲的遗像前磕头，磕得拉不起来，泪如雨下，口里一直念叨：我的好哥呀，我的好哥呀，下辈子咱还连畔种地……

因为这头猪

想起了父亲和母亲的一次吵架，吵架是因为一头猪。

那时，父亲刚被选为生产队队长。但令父亲忧郁的是，每到开春的时候，地里的麦苗返青，绿油油的，十分喜人。可春季也是缺草的时节，不像夏季和秋季，野草长得遍地都是，人们下地回来顺便在路边搂几镰刀，就足够猪羊享用了。猪羊没草吃，又没那么多料喂，有人就放开了猪圈羊圈，随着它们在地里吃东西。刚长出的麦苗根是虚的，猪一拱，羊一啃，根就被拔了出来，看着让人心疼。父亲也派人用鞭子赶，但往往东边的赶了出去，西边的又跑了进来。

有一天，父亲在村口的槐树下，给大家开会，宣布了一条纪律，要求各家把自己的猪圈羊圈鸡圈关好。既往不咎，今后凡是发现谁家的猪羊再到地里吃庄稼，就罚谁家的口粮，发现一次扣罚二十斤小麦，立竿见影，不拖不欠。父亲是要先礼后兵，杀一杀这股风气。

第二天早晨，安排好活路后，大家都上地去了。父亲回到家，把猪圈的门打开，并吆喝着把猪赶到了村外。偌大的麦田里，就我家的猪在那里吃着鲜嫩的麦苗。

社员们收工回来，议论纷纷，都在说父亲，自己定的规矩自己先破了。父亲就自己在家称了二十斤麦子，背到生产队的保管室，对保管员说：我家的猪把圈门拱破跑了出来，就先罚我吧。

那时，农村缺的就是粮食，我们姊妹四个，粮食也不够吃。有时母亲还要挖些野菜回来，拌着面做菜疙瘩。再说，吃高粱玉米馒头的时候多，细米白面都是要留着年节时用的。母亲见父亲把二十斤小麦白白交了公，又知道父亲是故意把猪放出去的，就和父亲吵闹。那天晚上，我刚放学回家走到门口，就听见母亲坐在院子里，用手拍着地，哭着说，这日子没法过了，瓮里就剩了那一点麦子，你全都卷走了，娃娃回来吃啥呀。父亲想解释什么，但母亲不依不饶，说就你思想好，思想好顶屁用，能当饭吃呀。给你个麦秸秆你还当拐棍用，你可真有本事。你当你的队长，我不和你过了。

母亲起身抹了鼻涕，往外闯着，要到外婆家去。父亲拽着母亲的衣角，不让出门。母亲甩开了父亲的手，拉开了街门。正好我流着泪站在门口，母亲抱着我就哭个不止……

从此，生产队的麦田里，再也没见过猪羊成群的事情。那一年，生产队的庄稼长得真好。

两代人

社会的发展速度太快了,时代的变迁也是天翻地覆的。

我想,曾几何时,之所以大江南北掀起了"刘翔热",那不是他个人的事情,而是一个国家的象征。刘翔的百米跨栏我是亲眼见过的,那飞扬的头发飞扬的腿脚张起来,快得像闪电像飓风,让整个运动场万人沸腾。人们激动得竟把帽子抛得满天飞,也有把衣服脱下来持在手中挥舞的。有个女学生见男人脱了衣服,站在一面大鼓上挥舞,就也爬到了那鼓面上,跳起了"脱衣舞"。疯狂的潮水一浪高过一浪,谁要是不起浪,满世界的人就会冲着你,齐声喊着:×,×,×。置身其中,我是真正感受到了作为一个中国人的光荣了。

回到西安,我把那激动人心的场面讲给了母亲听。可母亲却说:我听着怎么像五六十年代的事情,那时的人也是这样疯。我实在不能附和母亲的观点,就和母亲争执起来。从小到大,我一向尊敬母亲,但这一次我说了一句很重的话:妈呀,您老了,腿走不动了,脑子也糊涂了,您怎么能用老眼光看今天的事情。这可能就是代沟吧。事后,我也冷静地想了,同一个事物看的角度不同,感觉不同,结论就不同。

过了两天,母亲还是不服气,就说:"社会是好着呢,现在农村也有了养老,也有了医保,种地也不纳粮了,家家都有彩电,洗衣服也不用手搓了,剩饭剩菜也不担心发霉了,出门有汽车火车坐,一家比一家的门楼修得高,没事了打打麻将打打扑克,都好着呢。但人心变了,衣服乱了,噪音大得能把人聒死,河里的水臭得能把人熏死，做生意的坑蒙拐骗，出外打工不给钱，有不结婚生娃的，有给钱就上床的，整天在地球上胡挖，把老祖宗留下的东西都快挖光了，子孙后人喝西北风呀！

看着母亲越说越激动，就知道她说的和我说的不是一个话题。我就说，牛头不对马嘴。我说的是东，你说的是西，我说的是大，你说的是小。母亲就又瞪了我：大的还不是从小的来的，东边的东也是西边的西，你还是个啥处长哩，你知道个屁。

我见母亲真的发脾气了，也说急了，就赶紧过去给她老人家捶背，并用手把那气往下抹着，赔着不是说：老妈呀，您甭生气，也不关你我的事，都是说着玩的。母亲的气没有消，她又想起了什么，就又数落着说：你看现在这些娃娃，啥礼性都不讲了，过去吃饭都是年龄大的坐上席，现在可好，家里吃饭都是看谁的钱多，看谁的官大，也包括你。过去的人整天就知道攒钱，供娃上学娶媳妇嫁女，现在的人可好，吃光花尽，分文不剩。开口不说上班加班了，而是说什么OK呀，QQ呀，PK呀，五麻六道，没一个正经的。穿衣服吊着个膀子，把该露不该露的都露出来了，还说什么裤子有洞时尚个性。亏了先人！一身衣服就成千上万，今天说是美国的，明天说是韩国的，后天又说是日本的。日本人从前咋对待咱呀，还穿人家的衣服，开人家的车，喝人家的汽水，咋没一点志气……

母亲似乎是越说越气了，我要来拦了她。可她推开我的手，恼怒地说：别拦我，让我把话说完，我也把话说得难听一点，给你撒撒气。过去你进了门还脱鞋哩，现在可好，我把地收拾得干干净净，你回来也不脱鞋了，踩得满屋子脚印。洗了澡把拖鞋也不弄干，湿一脚水一脚就出来了。有时躺在床上鞋也不脱，把单子弄得脏兮兮的。你是看老妈身子硬朗还能干几天，还是嫌麻烦不自在没规矩。到了节假日也是,不在家睡觉休息,今天到这里游,明天到那里游,还出国哩,拿钱弄啥不行,都是山山水水的有啥看的,还要带我出去,我才不受那累哩。回到家就往屋子一钻,也不吭气,吃完饭碗一推又钻到屋里。老家来人了,也不热情,脸吊得像谁欠了你几斗米。一说你吧,你还说有啥说的。单位上的人来了,你话咋那么多,农村人来了,你就没了话。我看你是看不起人家,也不想想你是从哪儿来的。我以后死了还要回老家,还要靠乡邻抬埋哩,你把事做不到,到时候还要把我晾在家里……

在母亲的批评中,我低下了头。我点了一根烟,狠狠地吸着。母亲也是疼爱我,就把我的烟掐了,又说:甭抽了,多少天在家都不抽烟了,一抽烟屋里乌烟瘴气的,你以为那烟不要钱呀,命可是你自己的。还有喝酒,不要那么实在了,谁端杯都碰干呀,人家敬你就是个意思,意思到了就行了。还说酒是粮食精,越喝越年轻,骗鬼去……

母亲说到这里,不知为何,我流泪了,泪流不止,就像老家的水渠。我想,我是应该向母亲道歉的,我不该和母亲争执。认真想一想,母亲是掏了心窝说话的,对与不对,我都应该反思了。

春来

春来是个个子很矮的女人，又瘦又小。她年轻时，在南京神学院上学，和我家对门的伯伯是同学。二十世纪六七十年代，对门的伯伯因宗教信仰的什么问题，被关进了监狱劳教。她就带着五个孩子，从西安搬回老家住了。

春来是四川人，从小受家庭影响，信奉基督教。《圣经》她能倒背如流，也能说一口流利的英语，但家务活和农活是一窍不通的。一个女人拉扯五个孩子，何其难呀。母亲看人家遭了难，挺可怜的，就经常帮春来做些针线活。拆洗拆洗被褥呀，缝缝裤边呀，纳纳鞋底呀，反正缝缝补补的事，都是母亲帮忙做的。

后来，对门的伯伯平反了，从监狱里出来。有一两年，春来也被安排到村里的学校教书。她英语教得好，上课前叽里咕噜来一段子，学生都听不懂，她就一句一句讲解，说这样灌灌耳音很重要，也鼓励学生大胆说。她不主张哑巴英语的教学方法。她还会弹钢琴，歌也唱得好，也识谱子，还给我们带音乐课。

那年高考，她托人从西安给我找了好多资料，并从精神上给了我许多鼓励。她说，你很聪明，也很勤奋，一定会成功的。考完之后，在家无事，我就一边跟母亲下地干活，一边看看书，等着考试的消息。

有一天，母亲在村边的地里干活，我在旁边的涝池洗几件衣服。春来挥着一封信，朝我家的地头跑了过来。原来邮局的人到我家送录取通知书，我们都下地去了，她就替我们签字认领了。在听到她喊我母亲"大妹子,娃娃考上了,通知书来了"的时候,我和母亲一同把头转过来,又惊又喜。母亲扔下手中的镰刀,搓着手跑了过去。我兴奋地竟把盆子和衣服一起抛向了天空……说实话,在捧到那梦寐以求的通知书的时候,我的手颤得厉害,心也像要跳了出来。那天,晴空万里,天蓝得没有一丝云彩,风吹得人要醉了……

后来,春来和全家人都回到了西安,住在集贤巷教会的平房里。我在西安上学,礼拜天也到她家去。春来又是买菜,又是剁肉,又是让我吃糖吃水果,又是拿点心端瓜子,热情得让我掉泪。

记得有一天晚饭后,我们聊学习英语的事。春来取出一捆小本子,打开了让我看。那是在她下放老家的时候,抄写的英汉词典,整整齐齐,一丝不苟。她说,那时候晚上睡不着,等孩子们都睡熟了,她就爬起来点上煤油灯抄词典。第二天鼻孔全是黑的。我被这个小个子女人的坚韧所震撼。她鼓励我一定要把英语学好,将来是会有大用场的。后来,听说美国总统克林顿来西安,到端履门教堂做礼拜的时候,就是春来做的翻译。

父亲去世以后,我把母亲接到了西安住。城里人不像乡下人那样,邻里之间一般不串门。我们上班去了,母亲一个人待在家里感到寂寞,整天唠叨着要回老家,说住在城里就像蹲监狱一样,难受得很。春来知道了,就整天打电话给母亲,隔三岔五还到家里来陪母亲聊天,给母亲讲《圣经》里的故事,教唱赞美诗。后来母亲也信奉了基督教,她们整天在一起聚会、祷告。做礼拜的时间长了,母亲也认识了好多城里的姊妹,平时互相走动走动,相处得是那样亲。母亲不再孤寂了,见天心里充满了喜乐,也就不再提说回家的话了……

拾遗

拾 遗

　　二十世纪六七十年代，生产队种地似乎很马虎，收庄稼也是毛毛糙糙的。收过的麦地，收过的苞谷地，收过的红薯地，收过的花生地，收过的棉花地都遗留很多。有的地块甚至收的没有剩的多，好像是故意留下让人拾着吃的。每到一块地收割完毕的时候，就有大批的拾遗者到地里收二茬。

　　小的时候，我曾跟着母亲到黄河滩里拾过落花生。那一望无际的沙土地，是一个部队农场种的。部队忙不过来，都是雇人收的。那些雇的人是按地亩算工钱，往往是把花生蔓先用镰刀割了，然后用镢头或者耙子挖。有些根茬被土埋了，收花生的人图快，就睁只眼闭只眼地错过了。也有的干脆就把花生蔓一拔，带出来的收走，没带出来的也就不管它了。人家都知道黄河滩的花生好拾，远近几十里的人都是骑了自行车拉着架子车带了口袋麻袋汇合在那里的。

　　母亲是在黄河滩长大的，从小就种过花生，也拾过花生。所以，她总能找到成窝的地方，一耙子搂下去就是一大串。而我却像玩似的，这儿刨刨，那儿刨刨，偶尔有所得，但都是些零敲碎打的小收获。有一次，我发现了一个黄鼠狼洞，就想象着那黄鼠狼的仓库一定是很丰满的。我不停地往深处挖，边挖边用手往外刨土。但挖了半天，出来了一个大坑，还是找不到头。母亲过来问：你这是玩啥呢？我说要搂一个锅底，这洞里必藏着一堆一堆的花生。母亲笑了，说黄鼠狼是吃鸡的，哪个鸡能进到这么小的洞里去呢。母亲还说，黄鼠狼奸诈得很，打洞都是曲里拐弯的，你是刨不到根的，要逮它除非用水灌，一桶水下去，它就泥糊糊地钻出来了。后来，按了母亲的话，在家乡的苜蓿地里，我和小伙伴多次捉住过这常常给鸡拜年的狡猾的家伙。黄河滩里有个鲁安村，母亲一家从山东逃荒来的时候就在那里落脚。村子的人都是老乡亲，晚上我们就住在那里。吃了晚饭，坐在月光明亮的院子，我们剥着花生皮。记得一个远房亲戚叫孝发，常常逗着我玩。他出了一道谜语，说麻屋子，红帐子，里面睡了个白胖子。我问打一啥？他说，打一吃的。一边剥着花生，一边摇头晃脑想着。忽然，我就哈哈大笑了，那谜底原来就在我手里。

还有溜红薯的事，也蛮有趣味。记得是和姐姐一块提了竹笼，扛了粪耙去地里的。粪耙大，三个齿分得很开，不容易扎了红薯，能拾囫囵的。姐姐有经验，她总是在靠畦梁和地头的地方刨。她说，社员们在收红薯的时候，是边说笑边刨挖的。在挖畦梁上的红薯时，土倒在了两边，就覆盖了下面的红薯根。挖到地头的时候，也是快收工的时候，人们都急着回家，就胡子麻茬地刨几下，算是画上句号了。一窝不得，少挣几百。说也怪，按了姐姐的话，我也就能钓住"大鱼"了。那一窝一窝的红薯提起来，就像一堆一堆的娃娃挤抱着，鲜红鲜红的，可爱极了。

拾麦子是经常的事，但拾麦子就没有那么容易了。因为麦子割倒打捆拉走后，生产队还要用牛马拉了耙过一遍。那耙齿虽然也粗，但经这么一拾掇，加之蜂拥而至的人们跟在耙后面一捡拾，那地就成了秃子头上的毛，剩不了多少了。

有一次，我和姐姐到地里捡麦穗。五黄六月，天气热得要命。我们是放学后去的，该拾的都让人拾了。也是没多大指望，我们提着竹笼就返回了。在我们前面，有一辆马车拉着一车麦子。那车是老式的木轱辘，前后都斜插了杠子，麦子装得像一个小山包。路坑坑洼洼，车子颠颠簸簸，就有麦穗稀稀拉拉地掉下来，我们跟在后面，捡了一路的便宜。在快到村口的时候，我们似乎觉得还不解馋，就从那麦车上一把把地往下拽。赶车的人坐在前面的辕上，我们的动作又轻，是不会被发现的。我和姐姐把那些麦穗放进笼里，又用胳膊夹了几个小捆子，一阵风似的就进了家门。

　　父亲眼尖，看我们捡的麦子整整齐齐的，个头高低和麦穗大小也几乎是一样的，就问我：是捡的还是偷的？我说是捡的。他就脱了鞋朝我屁股上打来。打完了，又问我，是捡的还是偷的？我扭着头，还是倔强地说，是捡的。他又举起鞋底朝我屁股上狠狠地打。母亲跑了过来，夺了父亲手里的鞋底，一把扔到了房檐上，哭喊着说，家里的瓮都底朝天了，孩子不拾回来这些麦穗，一家人吃啥呀？那时，是要等生产队碾打完毕才分粮食的，正是青黄不接的档儿。可父亲不行，说宁愿没啥吃，饿着肚子歇几天，也不能让娃娃学着偷东西，再穷也不能失了志气。就这样，他提了麦捆子往外走，母亲拉着他的衣服往后扯，我和姐姐坐在地上哭……

走亲戚

走亲戚

在我的老家，一到过年过节的时候，路上的行人就多了起来。熙来攘往的人们带着各色礼物，见了面都会拱着手说：走亲戚去——

小时候，我每年都要跟着父亲到潼关走亲戚。因为我家住在大荔北部，距离姑姑家有上百里路程，加之要在渭河等摆渡，那船坐不满人是不会开拔的。所以，每次去的时候，都是凌晨四五点就起床了。

自行车的前梁后座挂得满满当当，我像尾巴一样跟在父亲后面。因为村子方圆的路很熟悉，牵牛种地赶集过会都走向南的那条路，虽然天黑咕隆咚的，路上也有坑坑洼洼的车辙，但还是很少有跌倒的时候。记得父亲总爱说一句话：脚要踏实，天是会越走越亮的。

潼关是三省交界的地方，南依巍巍秦岭，北临滔滔黄河，东连函谷关塞，西拢华岳五峰，实乃"三秦锁钥""四镇咽喉"。从古到今写潼关的诗文太多了，记得有一首诗是：东气遥连西塞云，江山秦晋岭头分。澄秋雨歇岚光紫，入眼翠屏色色纷。潼关的故事也太多了，有马超刺曹操留下的大槐树，有安禄山兵败哥舒翰，有闯王李自成与洪承畴的南原大战，有康熙视察大河上下而挥就的"第一关"。古往今来的皇帝后妃、放逐官吏、赶考书生以及逃难的百姓，不绝如缕地从潼关道上逶迤而过……抗日战争的时候，日本人隔着风陵渡往潼关这边打炮，又有飞机不停地掠空轰炸，那个昔日"关门扼九州"的潼关城几近毁灭。二十世纪五十年代末，国家修三门峡水库，又拆掉了"雄镇三辅"的城楼城墙，仅留下了一段长满枯草的残垣断壁。姑姑家就是在老城拆迁时移往新城的，那地方叫吴村，原来只是一个普通村落。姑姑家房前屋后栽了树，有飘着雪花一样白絮的杨树柳树，还有开着紫色花的泡桐树，那一片树和姑夫兄弟家的一片树相掩相连着。

印象最深的还是舌苔上的记忆。一到晚上，姑夫就领着我到街市上玩了。一街两行，灯火通明。有卖醪糟、卖核桃、卖拐枣、卖甘蔗的。姑夫和那些摆摊的人都熟悉，这个给一点这，那个给一点那，一圈下来，我的肚子就变成滚圆的西瓜了。那时，我就觉得还是城里好，夜里的热闹是老家的村巷所没有的。大一点，再去潼关的时候，喜花姐已经结婚了。姐夫叫万荣。万荣的家还在潼关南边，那地方我随姑夫和父亲也去过。顺着黄土台塬的沟壑爬上去，那村子小，也就几户人家，都是石头垒的房子和猪圈，还有一溜蜂箱，那些飞来飞去的蜜蜂嗡嗡地响着。屋檐下是一堆一堆劈柴，院子里有几棵核桃树和柿子树。那核桃结得像老家的青苹果，有掉在地上的，像皮球一般滚来滚去。我当时就疑惑，平常吃的核桃都是带刻纹的坚硬果壳，而这里的核桃怎么绿茸茸、光溜溜？万荣一听，就哈哈地笑了，说：核桃是要像沤粪一样沤的，把皮沤掉了，才会成为你吃的那样子。他还说，多吃核桃好，核桃仁像脑子，吃了会长聪明。他不停地用那把月牙刀刮着核桃皮，虽然手被染得黑麻今分的，那白生生的嫩美甜香却让我享用不尽了。一到秋天，柿子也由青变红了。柿子树的身上疙疙瘩瘩，枝头挂着一片晶亮，树根的周围铺了一层黄叶。有从树上掉下来的柿子，捡起来吃了，那苦涩的味道黏在舌头上，任凭我怎么甩也甩不掉。见了这样的苦状，万荣又哈哈地笑了，说：柿子是要漤的，要放在热水或石灰水里煮泡，除去了其中的涩味才能吃，苦去甜来呀。万荣家弟兄七个，山里地少，核桃柿子也卖不了几个钱。从部队复员后，他被分配到县邮电局工作。姑姑家没有儿子，他就做了倒插门女婿。万荣人高马大的，但心眼忒好。姑姑患有气喘病，一到冬天就不停地咳嗽，炕边的痰盂里面垫了土块，每天要倒换一次，这些事他做得比喜花姐还要多。

　　姑夫弟兄俩，我们去的时候，他的哥哥一家也就过来了。安泰叔住在潼峪口，我们每次去都要看他。他因胳膊残疾而孤身一生，守着奶奶留下的老院子。今天被人占一点，明天被人借一点，到了最后就只剩下自己住的一间房子。那房子乱得几乎下不去脚，也没有坐的地方。母亲每次去了，就里里外外地打扫，院子挂满了衣服被褥床单。见他一个人生活艰难，人也老实，常受人欺负，加之他脖子后面长了个瘤子，像馒头一样鼓包着，父母就动员他到大荔这边一起过，买一群羊让他放着，也看看他那病。但安泰叔不愿意给我们添拖累，怎么叫都是不来的。父母走时也给他一些零花钱，但安泰叔没有一次要的。那钱扔来扔去的，任凭父亲怎样发脾气，安泰叔就是不接手。无可奈何，父母就把钱塞在那些给他的旧衣服口袋里。他不花钱，也没地方花钱，又用那些钱买了核桃留着，一年能存一大袋子。我们再次去的时候，他就把那袋子放在我们的车座上。有一年，下着大雪，听说我们到了潼关，想着山大路滑的，未等我们赶去，他竟自己扛了一袋子核桃跑到姑姑家，满身是泥，满头是雪，一只鞋也没有了。见了这种场景，父亲抱住安泰叔哭得呜呜的，惹得全家人都痛哭了一场。那一次，我们要走的时候，他给了我五块钱。在二十世纪七十年代，五块钱是能买一百个烧饼的。他把父母留在他兜里的钱都给了我这个侄儿。他说话也不是很流利，总是笨笨地重复着说，娃聪明，好好念书，好好上学……

　　潼关的记忆，让人刻骨铭心。每次回来的时候，全家人都要送。

那是一种在古装戏里才有的"十里相送"呀。姑姑哮喘得厉害，外面天又冷，但怎么劝说都阻拦不住，喜花姐就用围巾把她严严实实地包裹起来。就这样，姑姑、姑夫、安泰叔、万荣哥、喜花姐，还有姑夫的哥哥和那几个侄儿们，逶逶迤迤的，一直把我们送出城，一直把我们送下塬望沟，一直把我们送到那个叫桃林寨的地方。记得在那个还残留着烽火台的沟下，有一个村子叫四知村。姑夫说，那是汉朝一个官人的老家，那官人叫杨震。有一次，有人给他行贿，他坚拒不收。那人就说，又没谁知道，你收下吧。杨震就说，怎么能说没谁知道呢，天知，地知，你知，我知。四知村就是这样来的，直到现在潼关城里还矗立着"关西夫子"的高大塑像。那个叫桃林寨的渡口，是因其守望着崤函古道中百余里的桃林而得名的。但那里并没有桃树，也没有村落，就是一片空旷的渭河滩，就是一处两边拉着钢丝绳的水陆码头。那里的河面有百米宽吧，纤夫们是用带刻槽的圆木一替一换地将我们渡到河这边。再回首，潼关的亲人们还站在那里，像一排树一样地远远挥着手，大风刮扬着漫天的黄沙……

今年五月，我和我的外甥开车从西安回家，到老朝邑去接在那里支教的外甥媳妇。时隔三四十年，那个叫桃林寨的渡口还在，还有船只在摆来摆去。站在夏日的树荫下，太阳的光芒荡漾在河面上，S形的河身蜿蜒在青绿带红的玉米林间，这里那里的荷塘摇曳着白色的红色的花，一排排的杨柳，一片片的向日葵……在这叫桃林寨的地方，却没有了我裹着头巾的姑姑，没有了我围着围巾的姑夫，没有了我满身雪花的安泰叔，也没有了我扎着两条长辫子的漂亮的喜花姐。远远地望着渭河对岸的树，远远地望着南山飘浮的云朵，远远地望着那曾经作为古关古渡古战场的潼关，我的心中汹涌着波涛，也充满了无尽的苍凉和悲怆。那一刻，我知道了什么叫"物是人非",知道了什么叫"沧海桑田"。我也在想,人怎么就不如一棵树呢。那一排树还在那里精精神神地活着,我的那些亲戚却再也看不见了……

姑

夫

姑 夫

1987年夏天,我和爱人结婚后,按照传统的风俗,是要到亲戚家走一圈的,就像新上任的官员要四处拜码头,当地人叫作"认门"。

一个礼拜天,我们去了姑夫家。这个姑夫给我的印象是,一头短发,两道浓黑的眉毛,脸瘦长些,眼睛大大的,眼窝深陷着,但目光如炬。姑夫不怎么说话,一直坐在那里一支接一支地抽烟。只是在我们要走的时候,他掏出一个叠得方方正正的手绢塞给我,说:都是老风俗了,这是一点礼性。

回到家里,打开看了,里面包了二百块钱,崭新崭新的。我惊讶了。那时候,我的工资才一百零六元。这"见面礼"也太重了,是我两个月的收入啊。我就想着,这姑夫是不是个大款?但潜意识告诉我,他不是。因为他家住的是那种低矮的平房,院子很拥挤,厨房靠一边搭着,还是用牛毛毡篷起来的。屋里的家具也显陈旧,大衣柜的门角都快掉下来了。这个奇怪的姑夫,是怎样的一个人呢?

姑夫是和共和国同年同月同日生的。当他呱呱坠地的时候,也正是那个湖南伟人在天安门城楼上喊着"中国人民站起来"的时候。所以,同很多人一样,他有一个响亮的名字,叫"国庆"。姑夫刚上学的时候,正值"大跃进"热热闹闹的年月。到了高中,又赶上"文化大革命"了。从一个小山村来到一座中等城市,他就卷裹在那人山人海的运动中。他们这些学生娃娃,高举着巨幅画像,怀着满腔忠诚,跳着当时那种最流行的忠字舞。姑夫属于那种话语少,但心灵手巧的人,吹拉弹唱样样都能拿得起。在"毛泽东思想宣传队"

中，他系着方扣皮带，戴着有檐五星帽，风里来雨里去，四处给人民群众表演节目。在"横扫一切牛鬼蛇神"的批判大会上，在红旗漫卷体育场的主席台上，他也是振臂高呼，胸前还佩着一枚"活学活用毛主席著作标兵"奖章。后来，他应征入伍了，在火热的革命大熔炉里又入了党。从部队复员后，他被安排在一个有几千人的工厂工作。据说，因为根红苗正，还被列入了那座城市的"后备干部"名单……

1972年，"工宣队"进驻学校，"臭老九"们都被下放到"牛棚"去改造了。在"工人阶级领导一切"的历史风潮和撑竿跳中，一个二十岁出头的娃娃，像是在做梦一般，一屁股竟坐在了教育局长的高位上。也是在那个时候，他和姑姑结婚了。姑姑在一个纺纱厂工作，高挑的个子，齐耳的剪发，穿一件带格子的衣服，在悬挂着"毛主席是我们心中的红太阳"的车间里，双手朝着一个方向举扬着。这是我在一张老照片上看到的情景，姑姑像那群跳舞的姑娘一样，也是英姿飒爽。

大约是1978年吧，社会上清理"三种人"。姑夫划没有划到那个线上，没有明确的定论，但他一落千丈，又回到了原来的工厂。组织上没人找过他，他也没有找过组织，就那样一直吊在二梁上。在那段日子里，他每天晚上都要去渭河滩，孑身吊影，望天望地，心里憋屈着，也委屈着，泪水涟涟的。他总觉得似乎是在做梦一般，总觉得像是坠在了一个不能自拔的旋涡里……

后来，上山下乡的知识青年回来的越来越多，那些工人师傅的孩子就不了业，他就领着那些娃娃在工厂门口的平房里打煤球绑拖把做铁锨扫帚簸箕。一个也像是待业的人和一群待业青年相依为命，像是一群咕咕叫着四处找着刨食吃的鸡。那时，商品经济的大潮初起，他的脑子没有转过弯，还觉得那样做像是在搞"投机倒把"，是干着什么偷鸡摸狗的见不得人的事情。但孩子们要吃饭，要开工资，加之那时做生意的人少，社会的需求又大，所以，到我们结婚的时候，姑夫这个被迫"第一个吃螃蟹"的人，就又红火起来了。他们的小作坊扩大了，房前屋后是一堆一堆的钢材木料。他又是墨线，又是拉锯，又是推刨子，活像一个十足的木匠。每到清明节庙会，或是四月初八佛诞日，他们就在街面上搭起帐篷，里里外外摆满了那些谁家都要用的桌椅板凳门窗。姑夫也像了路遥在《人生》中描写的那个提着篮子卖蒸馍的高加林，羞羞答答的，压低了声音，在人流中吆喝着：进来，看一看，都是实木的，好钢好材料，结实得很。听姑夫讲，那时，做生意就像捡钱，一天卖的钱要装一麻袋，毛毛块块加起来，竟有上万元的进账。摇身一变，姑夫成了"万元户"，人人都羡慕不已。

这样的光景过了两三年，农村人慢慢也灵醒了，再说做家具的活也不是什么难事，遇到赶集的时候，各式各样的木的竹的铁的铝合金的东西就摆了一街两行。抓钱的手稠了，市场也饱和了，他们的东西就堆在仓库里不好卖了。原来生意兴隆的时候，一些领导的孩子争着往里安插，而生意冷淡了，那些孩子又像鸟儿一样，飞到更好的地方去了。飞不走的，要么是没有门路，要么就是身体有残疾。因为他的问题一直挂在那里，也没有个名分，都叫他经理经理的，其实没有谁正式任命过他。也是看着这些孩子和自己一样可怜，再说前面挣了钱，也有了积累，他就给那些孩子缴了养老和医保。那时，国家刚刚实行社会保险，就像刚刚实行股票一样，许多人都说他是有钱没处花了，怎么白白地往坑里扔……

记得1993年，也是刚实行商品房，出于一种政策性鼓励，购买者可以优先挑选楼层和面积。按我们的工龄，排队是没有份的。那时，每平方米才六百元，一套两居室的房子超不过三万元，加上一次性付款的优惠，再加上底层和顶层的折扣，算下来自己要掏的也就两万多元。但我们囊中羞涩，家里也填补不了许多，又想有一套房子，我把这件事对姑夫说了。他很干脆地说：买，这么便宜的，买。记得是一个晚上，他来到我们租住的房子，打开腋下夹着的报纸，里面是两捆像砖头一样厚的人民币。我们觉得太多了，要退一些回去。他说，有了房子，装修还得花钱，买家具还要花钱，拿着用吧。说完这些话，一口水也没喝，就转身走了。在目送他远去的路上，我想到了朱自清写他父亲的《背影》。这件事一直记在我心里。每逢过年过节，我们是必去看他的，即使调到西安后，这种礼节也是没有少过的。他喜欢抽烟，每次去的时候，我总是要带上两条好烟的。再后来，姑夫的小工厂越来越不行了。还是在大厂门口的那几间平房里，他领着几个妇女，还有一个哑巴和一个瘸子，在那里守摊维持着。姑夫这种惨淡的境况，让我想到了金庸小说中的那个丐帮帮主。企业要死不活的，没人问，也没人管，他的情绪就越来越低落了。

有一年，我们又去看他了。他病了，是脑梗。走起路来颤巍巍的，像是要随时跌倒的样子。但他总不去住院，也很少出门，见了人话就更少了。我曾劝他到大医院去看看，并说这种病要多活动，没事你出去散散步，和过去的老朋友打打牌，聊聊天，心放大了，病也就去了。他听了我的话，到西安最好的医院住了月余，吃药，吊针，调养，好好的就回去了。也是大病一场，也是思想畅通了吧，一回去就定了机票，一家人到北京、上海、广州、香港飞了一大圈。天地广大，人生苦短。满世界周游回来，他又召集了几个老伙计，买了各样锣鼓家什，一到晚上就在家属院自乐起来了。多少年没摸的二胡又闪亮了瞎子阿炳的《二泉映月》，多少年没吹的笛子又欢腾起了《草原上的骏马》。当然，东府人和西府人一样，自拉自唱的最多的还是王朝马汉的秦腔。谁家有什么红白事情，他们就蹬着三轮车去了，也不说收费的话，图的就是乐和。有道是，精神一到，何事不成。精神回来了，心理上的包袱放下了，姑夫那病也就跑得找不着影了。

  但没有想到，当他的病好起来的时候，母亲的病却来了。母亲是在一个风雨交加的晚上，睡过去之后就没有醒来。当他第二天把饭端给老人家的时候，任他抱着怎样呼喊，母亲的眼睛再也没有睁开。母亲的死，犹如当头一棒，这种打击太突然，也太沉重了。在埋葬母亲的坟边，他也给自己修了一间墓室。他说，这辈子最亲的人走了，他的魂好像也丢了。无论是在他红火的时候，还是在他失落的时候，母亲都是他精神上的支撑。他说，从某种程度上讲，他之所以要坚持着活下去，那都是为了母亲的微笑呀。如今，世界上那个最疼最爱他的人走了，就像一间房子没有了梁柱，他的精神大厦也濒临着倒塌。也是那病没有完全好，也是他对母亲的心思太重了，也是他一直以来的精神包袱没有彻底地放下，从此，他又躺在床上起不来了。饭做好了，姑姑给他端去。饭吃完了，碗一推，又躺下了。他似乎把自己完全封闭起来，电视也不看了，收音机也不听了，电话响了也烦，来客人说话也烦，整天就是大把大把地吃药。那屋子似乎也很少开灯，阴阴暗暗。如果不是那弥漫着的浓浓的烟草味，我真以为那是一个没有人住的暗室。

  后来，在姑夫病重的时候，突然有一天，他提出要到西安去，看看女儿新分的房子，并说要住上几天。他是挂着吊瓶来西安的，由女儿搀扶着，在那一百四十平方米的房子里转来转去。他还不时地指点着装修的小毛病，家具应该怎样摆放，床头方向应该朝哪边……那几天，他说了许多话，一箩筐一箩筐的，有的带着笑，有的带着泪。姑夫还骂人了，也骂了那段历史，也骂了什么政治的"鬼把戏"和什么"两面人"。我去表妹家看他的时候，从进门到最后离开，他一直紧紧地握着我的手，泪水不停地在眼眶中打转。我知道他对我好，对我们家好，也包括对我的母亲好，我们有时候的交流也是深刻的。当时，他说话的声音已很细微了，但他那只没有挂针的手把我攥得那么紧。姑夫很虚弱，我想让他闭上眼睛休息，但他见我来了，像是要做最后的告别似的，就掏了心肺对我说：人这一辈子，父母为大，亲情第一。人是从哪里来的？四大五常，是父母给的。人死了以后生命谁来接续？是儿女。他特别叮嘱我说，你爸已不在了，一定要把你妈照顾好。现在都是一个娃，把娃培养好比啥都重要。上要尽到孝道，下要尽到责任，中要对得起天地良心。至于其他，都是靠不住的。这是姑夫对我说的最多的一次话。

　　说实话，认识姑夫的这二十多年，我是很少见他笑过的。表妹家的那次见面，姑夫却破天荒地一次又一次地咧嘴对我笑了。他笑起来的样子，不是那种舒舒展展的，似乎是从嘴角曝出来的，呵呵呵的，显得很笨拙，但那笑是怎样地填补了我心中一直留下的空缺。我对姑夫说，你一笑起来，皱纹也没有了，眼睛也光亮照人了，多笑一笑多好呀。可我这话一出，他像是神经过敏似的，突然，那笑就收了回去，就无影无踪了。那是我见到姑夫的最后一面。他似乎是在痛苦中度过了自己的大半生，心里有什么也不说出来，谁也不知道他为什么这样活着。到了生命快要结束的时候，他却把那一闪而过的笑留在了我的生命中，留在了这个变幻莫测的世界上。带着那种神秘的意味深长的笑，他去了一个无人知道是好是坏的新的地方……

她看不起咱农村人

亲 戚

父亲从湖北刚落脚到大荔的时候,是在二爷家住。那时爷爷死了,奶奶被二爷卖到南山,姑姑也给人家做了童养媳。二爷见父亲年轻,就留在老家被当牛当马地使唤。

后来父亲在乡亲们的帮助下,盖了两间茅草房,和社会舅的妹妹结了婚。那女人病恹恹的,好像总是上不来气,整天躺在炕上,也很少出门。不过两年,那女人就死了。但父亲念情,没有断这门亲戚。直到又娶了母亲以后的多年,都一直和社会舅一家来往着,过年过节总是要走动的。

社会舅的哥哥在西安的纺织城工作。小时候似乎也见过,黑黑瘦瘦的,眼睛大大的,除此以外,就没有什么记忆了。

那一年,我榜上有名要去西安上学了。社会舅热心地对父母说:我把娃送一送,顺便领到他大舅家认认门,以后娃有个啥事,也好有个照应。父母觉得也好。就这样我们背了铺盖卷,记得还提了个漆黑的木箱子,坐了火车到了西安。在大舅家坐了一会,大妗子似乎从房子里出来了一下,眼角闪出了一丝笑,但很快又收了回去,感到很别扭。大舅也没多说什么,只是从壶里倒了热水让我们喝。临走的时候,社会舅说:娃带了两床被子,行李也多,就先放一床被子在家里,等冬天冷了再来取。我就把那一床被子从蛇皮袋子里取出来,用一块花布单子包了交给大舅。那是母亲亲手装了新棉花,用了一个晚上才缝好的一床厚厚的被子。社会舅似乎还想到房子里跟大妗子打声招呼,被大舅拦住了,说:不用了,她身体不好,已经睡了。我就和社会舅出了门，乘公共汽车到学校报到了。

那年冬天也冷，我想到了那床被子，就到大舅家去取。大妗子开了门，打量了我一眼，让我把鞋脱了。一个刚进城的娃娃还没有经历过进门脱鞋的事情，再说我的脚臭，袜子上也常常磨得有窟窿，就不想脱鞋，也不想进去了，就说：我来取被子。妗子一听，眼睛就斜了，说：啥被子，你啥时候把被子放到我们家了。我说：是社会舅让放的，用一个花布单子包着。妗子似乎更火了，就嚷起来：没见，谁放的让谁来拿。我们家才不放农村那些破破烂烂的东西，放了还嫌脏了地方。我当时才十六岁，还从没遇到过这样的难堪，也没经受过这样的委屈，就扭头跑开了。

那天，我的泪流了一路……

放寒假回家，我把这件事给父母说了。母亲拉着我去找社会舅。他说：那被子是我让放下的，想着学校宿舍小，住的人多，没有地方放，就说先放一床被子在大哥那儿，不想出了这事。他道歉似的说：都怪我，都怪我，并答应抽时间去西安，把话说清楚，还叮咛社会妗子再给我缝一床被子。

第二年快收暑假的时候，社会舅从西安回来，到我们家坐了坐。他说：我拉了一车西瓜到城里去卖，大哥在工厂门口给找了个地方。卸了瓜，扎了摊，可天下雨了。西瓜不好卖，大哥就找了车间的主任，想让给工人每人发几个。找了几个车间，有的说买过了，有的说下着雨发西瓜大家有意见。就这样，零敲碎打，搭多贱卖，拖拉了一个礼拜。临回来的时候，我想来了这么长时间，还没见过嫂子，就这样走了害怕落埋怨，就上到楼上和嫂子道声别，顺便也说一说被子的事。嫂子开了门，看见是我，又一身的泥巴，就嚷开了：你来干啥，你来干啥？在厂里把人都丢尽了，又到家里来祸害呀。我说：瓜卖完了，马上要回去了，过来看看你。这一说，嫂子气就不打一处来：你来看我，你来看我你提的啥，拿的啥，两手空着你就进门了？你哥给你求爷爷告奶奶托人，谁吃过你一片瓜皮一粒瓜子？光知道祸害人。走，走，走。说着就把门"嘭"的一声关上了。也是我的不对，我光想着那瓜不值钱，人家不稀罕，下雨天抱个西瓜去，人家烦。是咱失了礼，可大嫂那嘴像刀子，一刀刀捅着人的心呀。以后再也不去了，人家看不起咱农村人，咱热脸碰个冷屁股，找挨骂哩……

  社会舅说得很沉痛。我就想，他们亲亲的兄嫂都是这样，人家那样对待我这不亲的外甥，也就没话可说了。从那以后的几十年，我再也没有登过大舅家那可怕的铁门。

姨妈家

我有个姨妈住在步昌,离我家十里路。过了安仁那个我们常赶集的镇子,下一个小坡就到了。姨妈家住的村子就叫小坡村。

姨妈是父亲早逝的那个女人的姐姐。因为有那么一段姻缘,父亲每年要照样去步昌的。姑姑家在潼关,姨妈家在去姑姑家的路上。所以,我们每次去潼关的时候,也是必要去姨妈家的。

姨妈家是四合院的房子,门槛很高。姨夫在过去是给财东家赶车的,新中国成立了,又给供销社拉货,月月能见上钱,生活也就殷实。姨夫是个能人,不仅马车赶得好,牲口喂得好,而且还会厨艺,是方圆有名的厨师。他走南闯北的,吃四方饭,见识多,人又干净细致,所以,村里谁家办婚丧嫁娶的事情,都请他回来操勺做席面。一样的东西,经了他的手,那色香味就诱得人流口水。当然,如果运气好,我们去的时候,正好姨夫在家,那是要美美吃一肚子的。

步昌离老朝邑近,姨夫在旧社会上过几年私塾,所以,从他的眼睛中,看不到一般农民的那种木讷和呆滞,倒让人感觉他有一种知识分子般的聪慧和精明。姨夫个子高高的,瘦瘦的,戴副眼镜,说话走路都是一板一眼的,也就多了几分持重,村里人见了他都是恭恭敬敬的。但姨夫家辈分低。他有个儿子叫开旺,比我大几岁。开旺哥带我到巷院中玩耍的时候,见有人过来,无论大小,他都要叫声"爷"。我不解地问他是怎么回事,开旺哥就悄悄地趴到我耳朵上说,都是老家老户老规矩,咱家辈分上不去,在这村子里,别说见人了,就是见一条狗,也是要喊"爷爷"的。

令我好奇的还有，姨妈家的柜子上，还有一摞摞的古书，都是医药方面的。有时，我们进了家门，姨夫就摘了眼镜，从那发黄的书本里出来，说：闲着也是闲着，闲了就看看书，家里人有个头疼脑热的，也免得去看医生了。那时，那些赤脚医生大都是村干部的亲戚孩子，出去培训上几个月，就在卫生所给人看病了，也有因用错药打错针而死人的。所以，村里人有不舒服的时候，趁着姨夫回来，也有到家里来问病开药的。姨夫照了药书上看的，说一些地里长的花花草草，就让他们回去当饭吃。吃了这些东西，有些人的病就渐渐地没了。这样时间长了，村里人就说姨夫会看病，而且神得很，一分钱不花就能把病根除了。还说，人家学问大着呢，整天都是抱着像砖头一样的古书钻研哩，用的都是人老几辈子传下来的偏方。特别是那些"药罐子"，药罐子一丢，就四处宣传着姨夫的大能耐了。

有一天，从外村慕名而来的一个老汉，说他肚子胀得厉害，多少年了，医生都说是肚胃不和，可吃了成草笼的药就是不见胀气下去。姨夫号了脉，看了舌苔，还在肚皮上敲了敲，说：你回去吃萝卜，白萝卜。白天切成片吃，晚上熬成汤喝。坚持上十天半月，看气能不能往下走。这老汉也打呃，一说话就呃呃呃的。他又问，这打呃是不是病？姨夫问：你吃饭是不是反刍？老汉说：对呀。一吃完饭，就像牛一样，饭又返上来，要再嚼了咽下去，来来回回的，麻烦得很。姨夫说：这就叫清气该升不升，浊气该降不降，是阴阳失调，调理调理能好的。没花一分钱，这老汉就回去了。按着姨夫说的"偏方"，他就白天切了萝卜片吃生的，晚上熬了萝卜汤吃熟的。半个月光景，老汉就提着点心来了，说灵得很，原来他多少天都难得放个屁，这一吃可好了，屁放得咚咚咚的，收拾不住了。他还开玩笑地说，有一次上地，他的屁咚咚嘟嘟地响着，惹得后面跟了一群鸡，那些鸡还以为是他在招呼它们吃啥哩。姨夫听了就哈哈大笑,问:肚子轻松了?老汉说:轻松了。问还呃不?老汉说:几乎没呃了。姨夫说,再坚持,啥事都是一样,一坚持就彻底好了。

这老汉高高兴兴地回去了。可不出一月,又来找姨夫了,说:肚子又胀了,而且还隐隐作痛。姨夫又号了脉,看了舌苔,敲了敲肚子,就问:最近吃辣子了没有?老汉说:吃了。一辈子就爱吃酸辣,没有辣子活不成呀。姨夫又问:喝酒了没有?老汉说:喝了。娃结婚,今天明天的要请人,不喝没办法。姨夫就说,都说陕西辣子一道菜,但等病好了再吃也不晚呀。老汉就不停地点头。姨夫说:有一句话说,吃药不忌口,瞎了大夫的手。辣子的刺激性大,酒多伤肝也伤胃呀。为了给娃办喜事,把自己喝得酩酊大醉,得不偿失啊。姨夫又说,你回去把豌豆磨成面,多放些茴香炒一炒,热热乎乎地喝上一段时间看看。再就是把地里的艾叶揪一些,每天晚上放在肚脐上灸一灸,再让老伴做个像娃娃戴的裹兜。回去试试吧。

这些事是开旺哥对我说的,真假不论,全当听着玩了。可能也是受姨夫的影响吧,开旺哥后来也成了村里的"半仙"。人们有什么头疼脑热的,都来请他开方子。有一次,我回老家看他,他竟对我说,他正在研究一种中草药,里面有大蒜汁酸枣刺什么的,捣碎了,合成了,是能治癌症的……这开旺哥是青出于蓝胜于蓝了,但他的本分是种苹果。心灵手巧,也肯钻研,像剪树枝这样的技术活,村里人都是要"三顾茅庐",他才会背着手大摇大摆去的。

姨妈还有个女儿叫丰润。那个姐姐我小时候见过,也如姨妈一样干净漂亮,走起路来风吹杨柳。因了家庭条件好一些,丰润姐穿衣服也讲究时尚,回头率是很高的。本村外村的那些村长支书的孩子都托人到姨妈家提过亲。但丰润姐心高,就是一概不嫁。那个年代,像

"方向盘"呀,"听诊器"呀,"革命军人"呀,是很吃香的。有时,丰润姐也穿一身绿军装,戴个五角星帽子,这在当时都是一般人家的孩子梦寐以求的。当然,也有趁赶集人多的时候,那些"毛贼"抢了她的帽子逃之夭夭的。

左挑右拣,渐渐也过了成婚论嫁的年龄,姨妈和姨夫就着急了。姨夫的供销社有个小伙,家里条件好,人也精明能干,算盘也打得好。有一次,这小伙在姨夫的宿舍吃饭的时候,见了丰润姐,就喜欢得不行。也是和姨夫熟络,小伙子隔三岔五地提着东西到家里来看姨妈。姨妈和姨夫也看上了,但丰润姐看不上。原因只有一个,嫌人家个子低,像电影上的日本"鬼子"。正好,丰润姐的一个同学介绍了一个,是当兵的,在北京的什么警卫部队,还说人家整天在天安门城楼上站岗,是保卫国家领导人的。丰润姐一看相片就心动了。小伙子回来探亲,俩人刚见面,八字还没有一撇,就骑着一辆自行车到县上照相了,后来又热乎地跟着人家坐火车去了北京。丰润姐是因那小伙子的英俊威武而迷上他的。小伙子叫麦囤。结婚的时候,我去过他家里。有几间草房,墙是土坯的,门板还没有油漆,白拉拉地裸着。但丰润姐一心愿意,是牛都拉不回来,姨妈和姨夫也就随她去了。

原想着"寒门"出"将子",可结婚没一年,麦囤就复员了。从北京的大地方回到老家的小村子,可能还没转过神来吧,这小子整天看着迷迷瞪瞪的。头也剃光了,凭着一身武艺,有时还因一句两句的什么话与村里人打架。鼻子口里一出血,人家就赖在家里不走了。麦囤的父母都是老实巴交的人,也是只有这么一个儿子,从小没管住,现在更管不住了。在外面当了几年兵,地里的活也不会干,这麦囤就像村里的游狗一样,见天满世界地溜达。丰润姐生气呀。那么要强的一个女人,那么漂亮的一朵鲜花,怎么就稀里糊涂地插在了一堆"麦囤"上……

后来,改革开放了,也是觉得老家憋屈,也是有战友来信了,麦囤什么都没带就去深圳了。丰润姐也想让他出去闯闯,一个人带着两个孩子,有一半时间都是住在姨妈家。可事情就是这样怪,这麦囤到了那边,却像是变了一个人似的。先是在一家公司当保安,后来又做了一个大老板的私人保镖,人家走到哪,他就跟到哪。麦囤人高马大的,功夫又好,这些工作做得是得心应手。收入越来越多了,一次次寄钱回来,数目也是令村里人瞪眼睛张嘴的。丰润姐用那些钱盖了门房,盖了厦房,打了家具,生活也如两个可爱的孩子一般,是芝麻开花节节高了。

姨妈和姨夫去世的时候,没有人通知,我也没有回去。有一年,我在老家过年,开旺哥来看母亲了。问起丰润姐的情况,他说:一家人都去深圳了。麦囤在那边也买了房子,丰润在一家服装厂上班,两个孩子都大学毕业有工作了。前年还回来过一次,一家人是开着小车从南方一路周游着回来的。开旺哥还说:他现在开了一家果品代理公司,是专门给深圳发货的。麦囤在那边已是什么科长了。南方不种苹果,陕西的苹果个头大成色好口感也好,一车皮装六十吨,这边一两块钱一斤,那边十几块钱一斤。一模一样的苹果,在这边像屎粪蛋蛋,到了那边就成了金元宝了。这几年呀,还多亏了麦囤,人家现在是闯出来了……

茂伯

茂伯名叫王茂财。村里人叫谁都是简简单单一个字。如我的父亲，名德成，村里人就叫父亲"德"。我的大名叫天才，村里人都叫我"才"。当然，如有人叫金牛、金狗之类的名字，那村里人就要叫他们"牛"和"狗"了。长辈和同辈的人叫茂财伯伯，都叫他"茂"。

茂伯年轻的时候，在老朝邑一家商铺给人家当相公，那是一种诸如站在柜台前收银记账的营差。掌柜的看上了这个精明能干的后生，就把自己的女儿许配给茂伯了。那姑娘也算是大家闺秀，高挑的个头，长辫子齐腰，一双大眼睛是楚楚动人的。新中国成立了，商铺合营归公了，茂伯就带着自己的女人回乡里了。

茂伯家的院子窄长窄长的。就是在那深深吊吊的院子里，他一手带大了自己的女儿和两个儿子。我的母亲到二十六岁的时候，还不曾生养。我们家和茂伯家住斜对门。那是二十世纪中叶，茂伯的女人又怀孕了，是一对双胞胎。可等那两个大胖小子生下来的时候，那女人却死在了自家的炕头。那一年，茂伯已人到中年，大概四十多岁吧。一个男人没办法养活，茂伯就把一个孩子送给恩施屯的一户人家，而把另一个孩子送到我们家来了。那时，大舅和大妗子还住在黄河滩的鲁安村，大妗子也正好有了那个叫新泉的表兄，母亲就把那孩子抱给大妗子一同哺养，想着孩子有奶就好长。可不曾料到，那孩子不到两岁却早早夭折了。一个男人带着两儿一女过活，每逢孩子的衣服破了脏了，母亲就帮着拆拆洗洗，换季的衣服和鞋袜也是母亲帮着做的。后来，母亲有了姐姐，也有了我们姊妹四个，但茂伯家的孩子还是把那些衣服拿过来让母亲缝补。因了母亲对茂伯的孩子像亲戚家的孩子一样对待，茂伯对我们家的孩子就格外亲。那时，茂伯开了一爿卤肉铺，门前支了个大铁锅，煮肉的香气常常惹得人流涎水。别人家的孩子伸手的时候，茂伯只是在肉架子上削一小片，让他们解解馋就是了。而我们家的孩子一路过他家门口，茂伯就提刀切一大块下来，追着撵着塞到我们手里。有时，父母见了那些红丝肥嘟的肉块，就生气地训斥我们说："你茂伯挣点钱也不容易，起早贪黑的，人家还有三个上学的，以后可不要再要人家的肉了。"但没有办法，每当我们从他家门前一闪而过，他又用牛皮纸包了肉，送上门来了。

　　自从那个高挑大眼睛的女人去世后，茂伯终生未娶，一直单身过着。虽然也有热心人从中牵线，但都被他摇着头相揖而谢了。我长到三四岁的时候，他的大女儿出嫁了。大儿子经过母亲介绍，和大舅家的女儿结婚了。那时，男方家迎娶新媳妇，都要有一个男孩做"牵羊娃"，我就是作为"牵羊娃"而跟着迎亲的队伍第一次去澄城的。也是爱孩子，有一次，茂伯过来对母亲说：让娃到我那去住吧，娃聪明，我晚上还能给娃教教算盘。村里人都知道茂伯的算盘打得好，而且是左右开弓。这边的人报着数，他的手指就像旋风似的，来回拨弄着那些算珠子，哗哗啦啦的，让人眼花缭乱。而等到算珠子戛然而止的时候，两个算盘上的数目竟是一点不差的。也是想着茂伯一个人晚上孤单，父母同意了，我也高兴地去了。不仅是想着过去能跟茂伯学打算盘，而且也思想着一住到他家，我就能吃香喝辣的了。

　　茂伯爱孩子，也爱朋友。一月有一半的晚上，他家的八仙桌上都是吆五喝六的。有公社的干部，有村里的干部，也有外村外队的人来。只要有人进门了，他就切碟子蒸碗热情招待了。我曾想，我的那个叫顺来的大哥之所以能到粮店工作，吃公饭拿工资，是与公社村上的推荐有关系的。有时,他们大人在那里猜令划拳热闹了,扭头见我趴在炕上跷着腿专注地看着,就有人过来教我划拳。五五六六的一对上,谁喊对了,谁就赢了。我因为跟茂伯学算盘,对数字似乎是很敏感的,几个回合交手下来,就不觉得那些大人的指手画脚有什么深奥了。就是从那时起,还不到上学的年龄,我就学会了珠算的口诀,也学会了那些高升起、二郎担、四季发财、七只鸟什么的拳令。当然,更多的是听大人们讲故事,古往今来神鬼八仙的,一听就是大半夜。我似乎是在那些故事中度过了童年的时光……

记得是冬天的一夜,村里的几个老相识在茂伯家吃饭。突然,停电了。停电了那些人也不离散,农村人冬天闲,回去也是摸黑睡觉。茂伯也不说让他们走的话,就点了蜡烛,一屋子人就天花乱坠地谝闲传了。茂伯说,从前有一天,天都快黑了,突然,外面就下起雨来了。那雨下得像瓢泼一样,街上的人四处找歇脚的地方。有一家旅馆人已经住满了,但住店的人还是不断地上门来。旅馆里连桌子凳子都当床用了,挤得满满当当,但还是挡不住来人,掌柜的就把大门关了。外面的人在雨中嚷嚷着,也有敲门砸门的哐哐声。那时旅馆也少,一个外地人淋得像落汤鸡似的,想着这雨天雨地的,今晚该在哪里过夜呀。也是急中生智,这人就破着嗓子往里喊:都来看,都来看,好家伙,一个扁担上压了三个人,忽忽悠悠的……里面的人都觉得奇怪,就想出来看这扁担上是什么人叠压在上面。可刚等门开了缝,那人的脑袋像削尖了似的,身子一闪就猫腰而入了……他还说,有一天,老朝邑街上有一个女人拉住了一个男人,说这男人把她糟蹋了,大喊大叫地要这男人赔银钱。正好,过来一个戴翅扇的官人,这女人就让这官人断官司。官人把帽翅摇了摇,也没说什么,看着围观的人多,也乱起哄,就掏出一把银圆塞给这女人说:快走,快走。不

茂　伯

嫌丢人现眼的,赶紧买几个烧饼回家哄娃去。女人把银两收了,就摇摆而去了。可这女人刚一走,官人就鼓动那男人把银子抢回来,说:你要是能抢回来,那银子就归你了。抢不回来,你就跟我到衙门吃官司吧。这男人追上那女人抢银子,可那女人人高马大,抓住这男人的双手就扭到背后了,说:像你这样的男人,我一个人能对付三个。说着,手一松,脚一抬,那男人就像狗吃屎一样跌倒在地上。官人呼唤衙役们收回了那些银子,并对围观的人说:你们看,这小子连银子都抢不走,在人家面前鳖得像鸡娃子,老鹰还能被鸡扒了裤子……说到这里的时候,一屋子人就拍桌子踢板凳哈哈大笑了。

茂伯中等个,瘦削了些,脑门发亮,眼光很犀利,现在想起他的形象,是有点像柳青的模样的。他说话文绉绉的,做人也诚实,最反对的是谁说假话。那时,晚上住在他家,他总是一而再再而三地让我吃菜夹肉卷辣子。我心中实在不忍,也是父母多次交代过,说那肉是卖钱的,你多吃一口,你茂伯就少一块的收入。所以,每当他把那些只有过年才能吃上的东西让我尽饱享用的时候,我就说:伯,我在家刚吃过,肚子还胀着哩,你吃吧。一听这话,茂伯的脸就拉下了,说:你哄谁还能哄得过我,你爸今天还提着口袋从保管室借队里的粮食哩。那天,茂伯和我一头睡着,他说:现在的人也不知咋了,明明都穷得叮当响,却都说自己有多富裕,一听就让人身上起鸡皮疙瘩。他说他今天参加了忆苦思甜大会,村里的那个妇女是贫协代表,就是整天戴着红袖章的那个女人。这家人穷得连买盐灌醋的钱都到我这来借,但她就是思想积极,毛主席的"最高指示"一下来,不论是三更半夜还是刮风下雨,挺着大肚子都要参加游行。也不知从哪个报纸上抄了一段话,她就在大会上尖声念着:旧社会我们连锅都揭不开,谁还见过白面蒸馍。社会主义就是好,现在,我家有了电灯、电话、收音机、自行车……那时，一到运动来了，大人娃娃都要过关，都要写批判稿。农村人都是握锄头的手，谁能拿起笔呀，东抄西抄的，都抄的是报纸上的那些话。这女人在台上振振有词地念着，有人就在底下咬耳朵，说：看来这瓜怂还是饿得轻，再饿上几天她就改口了。茂伯说：人啥时候都要管住自己的嘴，不能胡言乱语。饿就是饿，不饿就是不饿，做人要实诚。茂伯说这话的时候，我就脸红了。虽然我知道我之所以要说那话，只不过是一种善意的谎言，但他对作假说谎的事是从不留情的。

　　有一段时间，我回家住了，家里安静，他那里晚上总是人来人往的。当然还有一点是，莲花姐过日子细发，有时为吃上的事也常常和伯伯闹点小别扭。我也是属于那种吃饭不掏钱的主。我这一走，茂伯心里就空落落的。有一段时间，村里人嚷嚷着要把他揪出去批斗，说他整天也不下地劳动，就只是杀猪卖肉，赚的都是社员们的血汗钱。支书和队长出面说服了那些人，他才躲过了一劫。但他家门前的锅灶拆了，肉铺也关了，一到晚上庭院中也冷清了。他做庄稼活不得手，下地又挣不了几个工分，所以晚上常常就独自在家里喝酒。不知是因为心情憋闷气的，还是喝那些廉价的辣酒喝的，有一天，怎么一只腿就拉不起来了。他患的是半身不遂，走起路来颤颤巍巍的。他的手也抖得厉害，一吃饭胸前就撒得油渍麻花的，渐渐地，连解手也提不起裤子了。莲花姐很孝敬，但一个女人家照顾起来不方便。大儿子在外乡工作，小儿子也已成家，搬出去住在另一条街上。在这种情况下，父母又把我送到茂伯身边，想着晚上也能照料一下他的起居。那时，我已上了初中，社会上恢复高考了，学校也对学习抓得紧，茂伯担心影响我的学业，就不让我同他住在一起。一看见我早上晚上地端脸盆倒痰盂，他总是泪流满面。那时，学校要上晚自习，我回来得也晚。

茂　伯

每次回来的时候，他的屋门都早早关上了。任凭我怎么喊叫，他都是不开的。就这样，他让莲花姐把我的铺盖送回来了。直到我考学去了西安，再也没有和茂伯住到一起。

今年秋天，莲花姐因为半边脸肿得像面包一样，在县上住院总是不好，顺来哥就领她来西安看病了。我请他们在同盛祥吃泡馍，要了几个小菜，喝了点酒。席间，我们又提起了伯伯。茂伯去世的时候，我是专程回去送了他的。但来去匆匆，送完葬就驱车而回了，也不清楚他是因何而死的。顺来哥说，伯伯瘫在床上多年，吃药打针也不见好，整天也吃不下去饭，最后人瘦得像一把干柴。因为看病花了许多钱，伯伯也不让给他拾掇肉菜，说吃干的噎人，就想喝些稀饭什么的。那一年，正逢隔壁人家的儿子结婚，那大鱼大肉的香味飘过来，伯伯突然说他想吃肉了。那家人也是好心，想着过去谁家没白吃过茂伯卤的肉呀，就提了一碗肉一碗菜一兜馒头送过来了。可没想到，看见那些肉那些菜那些馒头，茂伯竟大嚼大咽起来。那本该吃几天的饭菜，他却一顿就吃完了。那是他在这个世界上吃的最后一顿饭……

顺来哥说到这里的时候，我就流泪了，他也流泪了。就是在这样的泪流中，我回忆起了过去的事情，也写了这篇文章，权且是对我亲爱的茂伯的一种回报和纪念吧。

大舅

大 舅

小时候，大舅给我的印象就是一个字：黑。姥娘在世的时候，可能是叫惯了，也总是叫他"大黑"。每次从澄城拉了煤下来，从头到脚，大汗淋漓的，他脱下的衣服一拧就是一滩黑水……

澄城那地方浇不上水，那时抽黄工程还没有上去，所以地里种的庄稼如果没有老天爷帮忙，那是不会有什么收成的。但那里出煤，是渭北黑腰带的经过地，有人就开了小煤窑卖煤。那边的人都是拉了煤下来，又换了粮食拉上去的。大舅每次来拉的车子，不仅车厢里装满了煤，而且在那煤堆上还放了横七竖八的麻袋，里面装的也是大块小块的焦煤。一百多里路程，一步一步地拉来，又要翻沟越岭的，那煤就值钱了。大舅从来没有说过卸点煤给亲戚烧的话，洗了脸吃了饭，拉着他的煤就走街串巷地吆喝去了。有时，也是看见那黑亮的煤块喜欢，当我从上面搬了一块两块下来的时候，大舅就会黑着脸，瞪着眼睛跑过来，厉声地喊着，我就知道什么叫"舅父"了。记得大舅还说过：你要是调皮捣蛋，惹你妈生气了，你爸不敢管，我这当舅的可不会客气的。

在我的记忆中，从黄河滩迁移到澄城的山东人常常下来在我家歇脚，说一些怎样找政府把他们迁移下来的话。一堆人就着一堆火，就在那里压着声讨论着，像是在做什么地下秘密工作似的。后来，他们联名去省里上访过，政府也重视移民的问题，那边的人就一批一批地迁移下来了。但大舅家没有迁下来，原因是他想了，村子的人都迁走了，那地不就都腾了出来，不就有大量的地可种了？再说，因为有以前的过节，大妗子怕亲戚间又生发新的矛盾，也不愿意下来，说哪里的黄土不埋人呀。

果然如大舅所料，地多了，那几年又风调雨顺，收成还是蛮好的。那时，澄城有一个卷烟厂，是生产"钟楼牌"香烟的。一家家的都种了烤烟，收入也是不菲的。但大舅每年下来还是哭穷，说上边天旱，收的没有种的多，要那么多地干啥，还不如原来跟着一块下来呢。母亲可怜这一家人，想着姊妹几个都在下面，只有大舅家住在那没水的穷地方。所以，每次大舅回去的时候，母亲就紧着袋子装粮食。可谁会料到，每次驮到半路上，过不了那个茨沟，大舅就把那些粮食换成钱了。这话还是大妗子有一次说漏了嘴，母亲才知道的。因了这样的事，父亲就很生气，就不停地数落母亲，因为那时我们家也是青黄不接呀。这样，等以后再回去的时候，虽然大舅还是照样哭穷，还是说这年咋过呀，这日子咋过呀，却只能带几个馒头带点水上路了。那时，大舅的大儿子在部队当兵，他装水的那个壶是军用的水壶，他戴的帽子是那种栽绒帽子，他穿的鞋也是那种大头窝窝，他还有一件在当时令许多人家都羡慕的黄军大衣。

比起一般的农村人，大舅算是很活道的。那些年，他们在家里还开了一间作坊，是做爆竹和呲花的。为了招揽孩子，大舅在卖炮的时候就把我带上。每到一条巷子就让我先放一挂鞭炮，也放那种"二踢脚"。噼里啪啦的响声一起来，孩子们就围上来了。我以为大舅卖炮，我就不缺炮放了。所以，每到晚上就从那炮串子上摘炮放。我原想着那样的摘取，还不像是从树上摘树叶一样，三片五片的是不碍事的。可摘放得多了，大舅就不高兴了，就黑着脸瞪着眼睛对我说，满院都是柴火，放那么多炮会引起火灾的。并絮絮叨叨地说，谁家的孩子因为放炮崩了眼睛，谁家的孩子因为放炮崩了手指头，谁家的孩子因为放炮引燃了麦秸垛……听着那些恐怖的事情，我就害怕了，再不敢从那炮串子上拽炮下来了。每逢此时，我总是从背后牵着大舅的衣角，看着那一堆的大炮小炮，心里痒痒不已……

大妗子

大妗子

大妗子是河南驻马店人。不知怎的，这个瘦小的三姑娘，却整天和爹爹闹别扭。一个说东，一个说西，一个说骆驼，一个就说鸡，反正是合不来的。亲亲的父女俩，一见面就那样针尖麦芒地干架。在大妗子十三四岁的时候，爹爹千里百乡的，怎么就把她卖到了姥爷家，给大舅做了童养媳。那时的人呀，怎么就把人不当回事。这爹爹在卖了自己的闺女之后，还对旁人说：往后再没有人拆我的戏台了……

大妗子脾气不好，属于那种刀子嘴豆腐心的女人。到了姥爷家，那脾气也改不了，和姥爷姥娘也是锅碗瓢勺的，整天叮叮咣咣。那时，一家人还住在黄河滩，因为过活不到一块，就分家了。后来，国家修三门峡水库，姥爷一家搬到了黄河西岸的新村，他们却去了铁镰山上的澄城，也是有一种眼不见心不烦的意思在其中吧。

我小的时候，对大妗子的印象是，个子矮，说话快，腿脚也麻利，走路快得像风一样。大舅一米七八的个头，大妗子也就一米四五的样子吧，但每次从澄城下来，都是大妗子先到。问起大舅的时候，她就说：那么大的个子，走路慢得像老牛一样，磨磨叽叽的，我才不等他呢。

每年夏天一到，大妗子就像候鸟一样飞下来了。因为澄城属于干旱地区，那地方浇不上水，只能种些耐旱的烟叶和豆类。所以，这边一收麦，大妗子就下来住到我家了。每天顶着太阳，头上盖个手帕，胳膊上挎个竹笼，这里那里的就在收割后的麦茬地里捡麦穗。晚上回来，也不闲着，我们都睡了，她还坐在院子里一把一把地搓麦粒。一个夏天下来，也能捡一两口袋，有顺车顺路的就捎上去了。

到了秋天，大妗子又像候鸟一样飞下来了。这一回，她是飞到黄河滩去捡落花生。还是顶着那方土布手帕，拿个耙子，提着口袋，在黄河老崖下的沙土地里刨来刨去。因为黄河滩已没有什么亲戚了，虽然二舅家和姨家离得近，但大妗子不住在那里，每天都是背着那么重的口袋回到我家住。有时，母亲也和她一同下滩，捡回来的花生前院后院地放着晾晒，泾渭是很分明的。

小时候，我走亲戚去过澄城。那条路艰难，沟沟壑壑的。记得最大的那条沟叫茨沟，两岸长满了柿子树。秋风一吹，那沟沟沿沿上的柿树林就像红彤彤的绸布一样，一层一层地翻滚着，晶晶亮亮的。他们的房前屋后也都是柿子树。每次去的时候，大妗子就热情地让着吃柿子。澄城的柿子好，绵绵软软的，一入口那丝丝黏黏的蜜甜扯都扯不断。有一次，也是大妗子不停地让着，吃得太多了，天还没黑，肚里就翻绞着疼，像是塞了一块铁疙瘩。从那时候我就知道，柿子也顶人，好东西也是要有节制地享用的……

在我的印象中，大妗子家的窑房里总是烟蒙蒙的，灶房也是住屋，四壁都是烟熏火燎的。那地方产煤，但不烧煤，都是烧树枝苞谷秆之类。再说窑洞还是不如厦房，一面开窗，灰烟总是憋在里面出不去。一见我们来了，大妗子就忙着要做饭了，母亲却总是一边拽着她在院子里说话，一边使着眼色让姐姐进厨房去。也是天热，也是大妗子呼啦海惯了，每次见到案板上的那些饭菜没有罩盖，苍蝇蚊子嗡嗡飞，我们就吃不下去了。在大妗子和母亲聊得热火的时候，姐就把饭菜收拾好了，包括锅上案上也是收拾得干干净净……

澄城的红薯多，干面干面的甜，甜得噎人。我们要走的时候，大妗子就下红薯窖了。铁镰山高，那地窖也深，黑乎乎的，一眼看不到底。大妗子沿着那窖壁的脚窝，一溜烟似的下去了，又一溜烟似的上来了。一笼几十斤重的红薯单着手就提出来了。还有就是上树摘柿子。门口那棵柿子树疙疙瘩瘩的，她像是爬着梯子一样，噔噔噔地上去，不一会儿那柿子笼就溢满了。她是用绳子把那笼柿子一松一替地落下来的，可还没等我们把眼睛从那柿子笼上挪开，她竟从柿子树的半腰纵身一跳，落到我们面前了。

大妗子是在一次出门换豆腐的时候，一不小心摔了一跤。大妗子性子急，无论干什么都是急火火的，走路也是一路小跑。这一跤摔得重了，从此瘫痪在床上竟不得动弹。老二和老三是分开管两个老人的。老三两口因为种苹果挣了钱，就把苹果当命一样经营着。太阳出来一上地，往往要到太阳落山才回来。早上走的时候，给大妗子放一碗一碟的饭菜；晚上回来了，再做一碗一碟的饭菜放过去。两口子种了二三十亩地，还有三个孩子要照看，再说，大妗子已是躺在床上多年了。久病床前孝子少，谁也不要笑话谁，天下的道理都是一样的。有一次，母亲和姐姐去澄城，大妗子一见到她俩，就呜呜地哭了。也是那病魔的折磨，也是吃饭不按时，也是爱生闲气心眼窄吧，大妗子的脸竟瘦得像刀刃似的，两个眼窝也像井窟窿一样深陷着……

在临死的时候，大妗子见了谁都是哭，一边哭着一边说着：我这一辈子是造了什么孽呀。小时候没个好爹，把我卖了。几十年了，再也没见过自己的亲娘。老了老了，换个豆腐就能摔了，躺在床上祸害儿女，一辈子也没吃上啥好东西。我的老天爷呀，这到底是造了什么孽呀？大妗子还是那脾气，什么时候都是嘴不饶人呀……

二 舅

二 舅

　　二舅的个子在三个舅舅中是最矮的。小时候，听大人讲，二舅是受了苦的。年轻的时候，因为抓壮丁，他曾趁夜间出逃了。那时，国民党正在修宝鸡到天水间的铁路。想着修铁路那么大的工程，一定会有饭吃的，他就跟着许多逃荒的人钻进秦岭山中。那时，修铁路都是靠肩扛手抬，特别是在打隧道的时候，因为塌方而死人的消息是不绝于耳的，人死了就在渭河边的山上挖个坑一埋了之。修铁路的人都是从四面八方来的难民，以河南人居多。因为经常吃不饱肚子，又要抬石头填土方打夯什么的，活路重了，危险了，时间长了，就有人磨洋工，有一镢头没一锨的，监工的人就举起鞭子抽打那些偷懒的人。二舅也挨过监工的皮鞭。那是在一处树荫下解手的时候，蹲的时间长了，那湿漉漉的皮绳就在他身上开花了。干了大约半年吧，衣衫单薄，天寒地冻，人饿得黑了一圈，他又逃回来了。那是腊月的一个夜里，他两脚泥泞，冻得抖抖索索。一进门，"扑通"一声就跪在姥爷和姥娘面前，从怀里掏出两个黑窝窝头，号啕着说：爹呀，娘呀，钱难挣，屎难吃，这两个窝窝头就是儿半年挣的工钱呀……

　　后来，二舅快到三十岁了还没有娶媳妇。老人着急，他也心慌，常常无名无故地发脾气。脾气一上来，他怎么就跳到猪圈里用拧着股的绳子抽打猪，猪被打得嗷嗷叫，他也哭得呜呜的。有时心里憋屈，碗一摔就出走了，过几天又垂头丧气地独自回来了。山东老家有个亲戚，因为山东那边打仗，炮火连天的，就拖儿带女寻到陕西这边来了。一家人搭了间棚席，就在姥娘家隔壁住下来。这亲戚家有个姑娘，个子很高，人也俊俏，特别是那双大眼睛，闪闪亮亮。村里人没有见过这么高个子的女人，也没有见过那么大的眼睛。据说，那姑娘在山东有婆家，但男人不在了，又带着一个孩子，就随了父母一同投奔这边来了。也是见姥娘一家人对他们好，一同下地一同吃饭，又见二舅还是单身，两家的父母就把这姑娘和二舅撮合在一起了。那姑娘就是我的二妗子。我对二妗子的印象太深刻了，直到现在，一想起二妗子的身影，我就觉得那个叫毛阿敏的歌手几乎和二妗子是一模一样的。

　　二妗子也是苦命人。可能是那个年代总是缺吃的缘故吧，二妗子把吃的东西看得紧，也想方设法到地里弄吃的。大舅家在澄城，三舅一家在兰州，姥爷姥娘是跟着二舅过的，加之二妗子又有了一儿一女，老老少少，人多劳力少，日子过得紧巴。也是为了老人孩子吧，她晚上就和村里的姑娘媳妇出去偷庄稼，也偷生产队果园的果子。记得每次到二舅家去的时候，几乎都能闻到蒸熟的红薯和煮熟的苞谷棒的香甜，也能闻到苹果散发出的诱人的味道，满屋子找遍了，却见不到那些东西藏在什么地方。后来，我发现屋子的顶棚上挂着一个柳条篮子，高高地悬吊在那里，我就想着那些诱人的物什是在那里面了。但二妗子把篮子取下来，揭去了上面的罩布，里面却是半笼馒头，有白的有黄的有黑的。二妗子说，家里老鼠多，粮食不挂起来，就都甜欢了那些长尾巴的嘴了。我还看到在他们的炕上，用木板架着一个黑柜子，两扇门的铁环锃明光亮的，被那种细长的老式铜锁锁着。我就怀疑那些香甜的味道是锁在其中了。我央求二妗子把那锁打开，她先说是钥匙找不见了，后来从炕席下翻出了钥匙，柜门打开了，里面却是一层一叠的花布，还有纳的鞋底团的浆线什么的,那些诱惑我的东西终是见不着影子。有一次,我偶然发现炕洞的门歪斜了,似乎从那缝隙间有丝丝的香味逸散出来。我把那锅盖厚的门取下来,就看见一个扁平的竹篮子,篮子用衣服盖着,揭开那同炕灰一样黑的棉衣,浓郁的香甜就弥漫得满屋子都是了。我至今仍然相信,过去的苹果是比现在的苹果甘洌香甜的。那篮子里仅有几个苹果,更多的是柿子,但那味道浓烈如酒,盖子一掀开,就醇香得要醉死人了。而现在的苹果,满屋满院子堆得满满当当,怎么就闻不到那样的香气呢?

二舅长得黑了些,姥娘常喊他"二黑",加之人不像大舅三舅那样高大魁梧,平常又不爱说话,所以,总感觉他在二妗子面前畏畏缩缩的,也是属于那种怕老婆的男人吧。对于二妗子的话,二舅是百依百顺的。那时,农村穷,两个老人跟着二舅二妗子过。三舅在外面做官,回老家的次数是很少的。所以,二舅家每逢大小事情,譬如要盖房了,要嫁女了,要娶媳妇了,要买自行车了,过年要添衣服了,二妗子就戳戳着二舅给兰州写信。三舅也是觉得大哥离得远些,老人都由二哥和二嫂照顾着,是在替自己行孝道。所以,每次见到二舅的来信,就寄了钱回来,那数字在当时的农村是让人眼馋的。应该说,二舅家的日子还是不错的。那些年把草房也拆了,小姨夫是匠人,没花工钱,就盖起了三间厦房。而村里人知道,二舅家之所以能盖起一砖到顶的厦房,除了二妗子过日子手紧之外,都是因为有姥娘在呀。

但说实话,二舅和二妗子对姥娘是不怎么好的。记得后来二妗子病了,是风湿病,看来看去的,怎么就越来越重了。也是二妗子娇气吧,最后竟不下炕了,整天围着一床被子,炕烧得热乎乎的,不是干坐着就是躺卧着。那病越是不活动就越是动不了了。见有人来看她了,就哭哭啼啼的,自己砸着自己的腿说,人还不老哩,怎么这腿就先老了。这腿一钻骨钻心地疼起来，我就知道天要下雨了。那时，姥娘的年龄也大了，但姥娘整天还是纺花纺线的，也颠着小脚忙活着一家人的吃喝。后来姥娘走不动了，母亲和小姨就轮番把姥娘接走伺候。没有了那一头，二舅从地里一回来，就只是围绕着二妗子忙前忙后了。太阳一出来，就背着二妗子到背风的地方晒太阳；到了饭时，就挽袖子进厨房，还要洗衣服，还要抱着二妗子解手；太阳落山了，烧好了炕，等屋里的烟气散去了，又把二妗子背回来。只要二妗子一呻吟，二舅就过去给她捶腰捶背，见天一个鸡蛋是不会少的。

记得有一次，我和母亲到二舅家看姥娘，那是姥娘在世的最后几年，她嚷嚷着要回去，说是死也不能死在闺女家呀。姥娘躺在上面的房子，二妗子躺在下面的房子。二舅家养了几只鸡。我亲眼看见，当那鸡咯答咯答下蛋的时候，二舅就从他们的屋子跑出来，到后院的鸡窝收了鸡蛋，径直就回了二妗子住的下房了。这样的事情在那几只鸡叫起来的时候一遍一遍地重复着，二舅那悄没声息踮着脚尖走路的样子让我觉得是很可笑的。母亲说，因为二妗子卧床多年，看病吃药花了许多钱，也买不起鸡蛋，而二妗子就爱吃鸡蛋，身子养得白胖白胖的，一天没有鸡蛋就骂二舅没能耐，说跟了你一辈子，啥福也没享过，连吃个鸡蛋都吃不到嘴里。也是一生病，整天窝在屋里憋闷，二妗子的性情也变得越来越糟了，骂起二舅就像骂自己的孩子。多少年了，二舅的耳朵都磨出了茧子，所以也不吱声，权当是一阵风吹过了。

二妗子一辈子下厨房少，说是见不得烟呛。一到冬天，二舅是先将蜂窝煤炉子在外面点好烧旺了，才提到屋里去。那个铁皮做的蜂窝煤炉子真的成了"冬天里的一把火"，是一直要燃烧到春暖花开的。而姥娘围着锅台忙了一辈子，在再大的烟雾中忙碌也是不咳嗽的，以至于有多少次，特别是在阴雨天，我真的担心她老人家在那迷得人眼睛都睁不开的湿柴浓烟的厨房里会窒息。但姥娘就是在那拨都拨不开的沉沉的烟雾中为我们无数次地做吃食。老娘的屋里是不点蜂窝煤的。能动的时候,她是在一个铁盆里架一堆棉花秆,用燃烧的灰烬夜间取暖;不能动的时候,她就让二舅一天烧两三次炕,用那永远的热炕来抵御冬天的寒冷。那热炕我小时候睡过,身子下面像是被火烤燎着,还能听到炕洞里噼里啪啦的柴火声,炕席的糊焦味也是能闻到的;而身子上面因为温度的剧烈反差,却觉得更冰凉了。睡在那样的炕上,是不能盖被子的,棉花被子一盖在身上,人就像是喝了红糖姜汤,是要大汗淋漓的。所以,我就只好变作一块贴在鏊子上的锅盔,一晚上都是翻来覆去的。那些日子,母亲和小姨接替着在二舅家伺候姥娘。每次来的时候,母亲和小姨都要在车子后面带上几天的煤球。这样一来,土炕的温度降下来了,而满屋子却变得暖烘烘的……

想起兰州的妗子

想起兰州的妗子

兰州的妗子是我的三妗子，一个小学教师。她的学校和三舅的厂子都在兰州西郊的大沙坪。三妗子很爱孩子，特别地爱我。

因为父母都不识多少字，在我上学之前，舅和妗子来信了，都是叫巷子的文兴叔来给我们念。回信的时候，也是请他代笔。父母把要说的话给他说了，他就在我家的罩子灯下写。写好了又念给父母听，看话说到了没有，还有啥要说的。父母就感激文兴叔，把从兰州寄来的烟呀糖呀塞到文兴叔手里。那时，父母就说：咱一辈子不识字，再吃苦受累也要让孩子上学，把娃娃们供出来。

我上小学的时候，有一年过春节，三舅一家子回来了。三妗子看我在写作业，就探了头看。她长长的头发几乎要落到我的本子上，身上像花一样香。她似乎很惊奇，说这娃娃才上三年级，字就写得这么好，一笔一画，整整齐齐的。边说边把我的作业拿起来看，并把那本子交到三舅的手里，说：你看这娃娃写的字比你写得都好。三妗子也对母亲说：以后再不要找别人写信了，就让这娃写。人家写的信读着总觉得没有那么亲，那字也龙飞凤舞的，有的地方也看不清。三舅也说：娃的字好，写的作文也好，听你妗子的，大胆点，也是一种学习嘛。

就这样，以后只要三舅来了信，父母就不再叫文兴叔来了，也不再叫文兴叔写了。在父母的叙说中，我有时也把自己的事写给远方的亲人。写了几封信，三舅就回信说：你三妗子看了你写的信，高兴极了。只要家里来了人，就把信拿给人家看，并自豪地说：你看看，你看看，这哪像一个小学生写的信，写得多好啊。也是受到了鼓舞，以后我的回信，就写得更长了。有时三舅没来信，我也主动写了信寄过去。

过了两年，三舅一家又回老家了。三妗子对母亲说：这娃娃骄傲了，还没学会走就想飞了，字写得也越来越潦草了，有的字还撇腿撇脚的，笔画拉得长一道短一道的，这样下去可不行啊。父亲和母亲听了就生气得很。

那天，我正在和表弟玩画片，就听见母亲喊我过去。父母的脸都拉得长长的。没想到一向慈爱的母亲竟说了一句：跪下！不知道发生了什么事，我就愣在那儿。母亲又声嘶力竭地喊：跪下——从没受过这样大的呵斥，我就躺在地上哭，而且滚来滚去。母亲说：我没明没黑地干活，为了挣工分，晚上给人家踏轧花机子，腿都踏肿了，眼睛都熬红了，你还这样不争气！母亲一边说着，父亲就脱了鞋过来要打我。三妗子拦住了父亲，说：你们都不用管了，我给娃娃说，他年龄还小，你们这样对孩子会伤了他的自尊心。三妗子走到我的跟前，弯了腰，劝我不要哭了。我的哭声就止住了。她又蹲下来，掏了手绢给我擦了泪，边擦边对我说：做什么事情都要认真啊，孩子。听说你学习好，又是班长，老师也经常表扬你，但十万不要骄傲呀！天外有天，人上有人。你的学习放在这个村是第一，放在全县呢，放在兰州呢，放在全国呢？你父母不容易啊，农村生活这么难的。你也懂事，也争气，脑子也灵，学东西也快，但要学人家的好。老师写了几十年的字，人家草起来那是有章法，你没学会走就想跑了，光看着花哨，那不行呀。三妗子语重心长地说了很多，最后，把我扶起来问：我说的话你记住了吗？我点点头。她说：光记住了不行，还要好好地想一想，回头把你想的写信告诉我们，好吗？

多少年过去了，三妗子也已经不在了，但每当想起兰州的三妗子，她那漂亮的烫发，她那饱含深情的一席话，仍然在眼前浮现着，在耳边回响着……

对不起了,姑娘

对不起了，姑娘

朝英叔已经是快八十岁的人了，显得老态龙钟。颧骨也高了，眼窝也塌了，头发也白完了，牙齿也全落了。和他年轻时的英武英俊是不能比了。

记得是个炎热的晚上，他来了我家。村里的老人没剩几个了，母亲回来了，他来看一看。我和他对面坐着，给他沏了茶，扇着扇子，他就回忆起了自己这一生……

他说：刚解放那会我十八岁，弟兄五个我最小。响应"抗美援朝，保家卫国"的号召，我也跨过鸭绿江，做了一名志愿军。我大大小小参加过十几次战斗，最深刻的是和敌人争夺零号高地，像拉锯似的。这边掩护着刚冲上去，敌人的炮火就像雨点一样的来了。等我们退下去，敌人占领了高地，我们的炮火也就轰炸了过去。人死了一层，炮弹也打光了。我们是首长身边的警卫人员，是后备队。但仗打到了最后，首长一声令下，我们也冲了上去。陕西人打仗是天不怕地不怕的。我用刺刀捅死了一个敌人，但是还没等刺刀拔出来，后面又上来一个敌人，搂住了我的腰。我转过头咬住了那家伙的耳朵，一口就叼了下来。那家伙疼得松了手，往后退着，我又一脚上去，踢在了他的裤裆里。他一跌倒，我的刺刀就扎了上去……那次战斗结束后，部队给我记了二等功，我成了"战斗英雄"。

我在部队立功受奖的消息传回来了。镇政府敲锣打鼓把喜报送到了我家里。镇长姓高，他拉着父亲的手说：你生了这么个好儿子，这不仅是你家族的光荣，也是全镇全县人民的光荣。

过了几天，村长到我家，对父亲说：高镇长有个女儿，小咱朝英两岁，人也长得好，有文化，想嫁给咱娃。父亲听了满心高兴，想人家镇长的公主，不嫌咱家穷烂，肯下嫁到咱这样的家庭，这是打着灯笼都找不着的事，就一口答应了。说没问题，你给镇长回话，这事我就能定秤，等娃回来了就结婚。就这样，八字没见一撇，两家人就准备着嫁女娶媳妇的事了。

抗美援朝胜利了，我们光荣地回国了。我随部队到了兰州，做了军区司令部的警卫连长。那时，我还是个娃娃。记得有一次，一个学校请我们做英雄事迹报告。报告做完了，就有那些女学生围上来激动地流泪。有的让签名，有的让留地址，有的还写了纸条说：我爱你，大英雄。等一切都安定下来后，我就回家探亲了。

可万万没有想到，迎接我的竟是一场婚礼。我觉得像是被绑架了一样，但我拧不过父亲的倔强，他们已把生米做成了熟饭，我只有招架的份了。

镇长的女儿叫秋红，瓜子脸，小鼻子小眼睛，身材也不高，属于那种小巧玲珑的女人。我第一次见她的时候，她的眼里充满了汪汪的泪水，就那样一直幸福地望着我。洞房花烛夜，她脱了衣服，好像还留了个红裹肚，安静地躺在我的身边。见我躺着不动，她就把身子往我这边靠。她靠一点，我挪一点，把我挤到了墙角。我没地方挪了，她就将我抱住，那眼睛流出的泪水，吧嗒吧嗒地滴在了我的脸上。我被她的深情感动了，虽然我一直对这突如其来的婚姻感到气愤，甚至感到这是一种很卑劣的阴谋，但在这女人乞求的眼神中，我还是打了败仗。

回到部队我没给任何人说我结婚了，包括组织上，也包括首长和战友。不为别的，我只觉得现在是新社会了，我又是军人，两人没见一次面，懵懵懂懂就结了婚，像隔着布袋买猫似的，这样说出去会让人耻笑，也很丢人。

　　二十世纪五十年代有一段时期盛行跳交谊舞。这股风是从北京刮下来的。据说敬爱的毛主席、周总理和文艺界联欢时，在人民大会堂就跳这种舞。有一年建军节的晚上，我也陪首长去军区礼堂跳舞，人很多，我一直站在舞池旁边看着。那时年轻的姑娘都流行穿布拉吉。布拉吉是苏联女英雄卓雅穿的衣服，是苏联红军的全体"情人"喀秋莎穿的衣服。在俄语中布拉吉就是连衣裙。那一件件布拉吉在欢快地飘舞着，就像一朵朵盛开的水仙花，是那样的清新美丽。那舞曲也很好听：正当梨花开遍了天涯，河上飘着柔曼的轻纱，喀秋莎站在峻峭的岸上，歌声好像明媚的春光。这老歌我现在都能唱下来。

　　正当我梦一样沉浸其中的时候，首长领着一个姑娘过来了。他坐在椅子上喝水，见我直直地站在那，就说：你也下去跳吧。那姑娘伸手邀请了我，我就随着她那轻盈的舞步旋转着。有几次，我都踩了她的脚。她那明亮的双眸，俊秀的长发，还有那漂亮的布拉吉，活生生就是电影中的喀秋莎。她说我英俊英武，连跳舞都像端着枪走正步。她说她在军区卫生所工作，让我有时间去找她。舞会完了，我们陪着首长回去了，她也和一群女兵走了。她似乎和首长很熟，走了很远了，还频频向首长招手。

　　过了一段时间，我在军区卫生所见到了她。她说：今晚朋友邀她参加一个晚会，让我一块去，并给我手里塞了一个袋子说：晚上去的时候，把它穿上。回到宿舍，我打开一看，是当时很时尚的背带工装裤和一件格子衬衣。就这样我们交往着。

　　有一次我看见她从首长家里出来，她也看到了我，说：晚上一块去吃个饭吧。我犹豫了一下，就答应了。记得是在黄河边的一个饭店，我们面对面坐着。突然，我看见这个平常显得高雅高贵的姑娘，眼睛中却燃烧着火。我穿着那背带工装裤和格子衬衣，她深情地说：脱了军装，你的气质更英俊更潇洒。顺着黄河边，她挽了我的胳膊。风吹杨柳，我心中却起了忐忑。坐在一块石头上，她把头靠在我的怀里。她一仰脸，我就看见那明媚的双眸里闪着泪光。她的身体似乎发冷，有些颤抖，我就用手抚摸着她俊秀的脸庞和长长的黑发。忽然，她搂住了我的脖子，我再也抑制不住心中的激荡了。两颗年轻的心，就这样紧紧地融会在一起……

后来有一天，她说她怀孕了。我心中就恐惧和害怕。我请了假，火速地回了家。秋红也怀孕了，肚子挺着。我的脑袋几乎要爆炸了，我知道我闯了大祸。但事已如此，我还是提出了要和秋红离婚，并强硬地说：离也得离，不离也得离，晚离不如早离。我把实情对父亲说了，父亲扇了我多少耳光，已记不清楚了。扇完了，他就去找亲家。镇长一听这事，就气得几乎要死了。他赶到我家，和我长谈了一次，但我已铁了心。见没有任何余地，他拍屁股就走了。他说：要离也得通过政府，你娃把事弄清。如果你执迷不悟，那咱们就走着瞧，有你娃的好果子吃。

软的不行，他就来硬的。第二天，一帮流氓二流子冲进了我家，又是砸门又是砸窗户，摔盆子摔碗摔碟子，并说：今后谁要敢再提离婚的事，就卸谁的腿，要谁的命，放火烧房挖祖坟。父亲跪在院子里，嗷嗷大哭，说这是前世造的什么孽呀！一会爬过去，给人家叩头；一会爬过来，给我叩头。可这还没完，当我像丧家犬一样回到部队的第二天，镇长带着秋红找到了部队。首长气得当时就拔出了枪，点住我的鼻尖说：老子一枪崩了你！你这小王八崽子，原来想着你年轻机灵有出息，没想到你竟是这样的狗屎东西。后来，当我被部队开除背了铺盖卷回家的时候，我才知道爱我的那个护士，就是首长的闺女。

说到这里，朝英叔老泪横流。他叹道：千不该，万不该啊！就这样，我在老家和秋红种地生孩子。好也好，不好也好，也算白头到老，生活了一辈子。如今父亲早已不在了，镇长也早已不在了，秋红也死了，只留下了我这没用的老东西了。最近，脑子里总是不停地回忆那些事。人老了就爱回忆，都说回忆总是美好的，但我回忆的滋味咋就这么苦呀。

对不起了，兰州。对不起了，首长。对不起了，姑娘……

最后，朝英叔颤颤巍巍对我说：你把这些事写一写，写出来寄到天堂，那姑娘是那么圣洁，她一定住在天上。也放一份在我的棺材里，如果下辈子还能做人，我当会永世不忘……

端午节

在我们老家那一带，似乎只有在外面工作的人，才有资格被称作"爸"。我的父亲兄弟四个，晚一辈的叫老大为"伯"，叫老二为"大"，叫我的父亲为"爹"，老四在外面工作，所以，无论是他的亲生，还是像我这样的侄子侄女都要叫他"爸"。这样的称谓，似乎是老家人对有文化的人的一种约定俗成的待遇和敬重。

我的四爸原来在省城的一所大学教书，戴副眼镜，瘦高瘦高的，穿一身有四个兜的中山服，也颇像了陈忠实所写的那个"蓝袍先生"，看上去是很儒雅很高深的。四爸是父亲的堂兄弟，但和父亲走得很近，亲如同出。四爸对父亲很尊敬，开口不叫哥不说话。因他在省城工作，春种秋收的大忙时节，四娘那边有啥活路，都是父亲过去帮着干的。他每次回来，也爱到我们家来，坐在院里的苦楝树的树荫下，抽烟喝酒谝闲传，说起话来也是长江之水浪打浪，滔滔不绝。四爸是直杠子脾气，说话不会拐弯，嗓门也大，说到开心的地方，就张开嘴巴哈哈哈大笑，一笑起来那眼镜似乎也像太阳一样放射着灿烂的光芒。

有一年，记得是我上小学的时候，他夹着铺盖卷回来了。这次回来怪了，变得灰灰蔫蔫的，谁问啥都不吭气，谁再叫也不出门，总是一个人憋在屋院里。也是出于一种好奇吧，我曾偷偷从门缝朝里看过，那深深长长的庭院，就他一个人，像一根麻秆，端直地戳在那里，纹丝不动。虽然那时我还小，不谙世事，但从他久久仰天而望的神态中，我知道他心里一定有事情。

端午节到了。那个端午节也是正收麦的时候，太阳血红血红的。晚上，父亲把四爸叫到家里，哥俩就着小菜喝了好多酒。也是天气闷热，院子没有风，喝着喝着两人都把上衣脱了。四爸像是喝多了，脸一直红到脖子根，不停地摇晃着芭蕉扇喊热。我们在树下铺了凉席，他就光着膀子躺在那里。那天，他像是在唱独角戏，说了一夜的话。说到激动的时候，手指头像锥子一样朝天指戳着，那舌头也像刀子一般愈来愈锋利了。

记得他问我，知道不知道端午节是咋来的？我说，不知道，没学过。他就说，这个节是纪念屈原的，一个大官，一个好人，一个大诗人，这个人写了《离骚》。他还说，屈原是咱的乡党，湖北人。屈原之所以叫屈原，是屈冤和冤屈呀。那天，他似乎也是要像屈原一样"天问"了，不停地问我，端午节为啥要吃粽子？端午节为啥要划龙舟？我只是把头摇得像拨浪鼓一般。他像是在大学里上课，也像是在对我上课，说屈原是跳江而死的，好人好官好学问，老百姓怕鱼把他吃了，就做了粽子扔到河里喂鱼。之所以要比赛着看谁划船划得快，那是人们争先恐后要救他回来。

他说，屈原是少年得志，中年受害，晚年流浪，最后秦国把楚国灭了，看不到希望了，就以身殉国了。他说，屈原本是芈公贵族的后裔，从小受过良好的教育，又加上和国王同姓，是一个祖宗，二十多岁就做了大官。那时，秦国用了商鞅变法，徙木立信，国家强大了。国王欲要和秦人争天下，很器重他，他就提出对外联合齐国，对内举贤授能的治国策略。可小人当道，四面受敌，他妈的弄不成事呀。说着说着，四爸的话就粗蛮了，最后竟不能自已，破口大骂起来，想到谁骂谁，骂得昏天黑地，狗血喷头……

说实话，他当时骂的人，我连听都没听说过。后来，我在西安上学，看了写屈原的传记和剧本，才知道他骂的都是些什么人物……

他骂的那个"小人"叫上官大夫，是这奸臣在国王面前进了谗言，搅得屈原的官就做不成了。他骂的那个"戏子"是南后，是她设下陷阱勾引屈原，而正好在御花园被国王看见了。他骂的那个"鬼子怂"叫子兰，是他叫人在酒里放了毒药，没有毒死屈原，却毒死了那个叫婵娟的好姑娘。记得四爸还说，女人要是讲了义气，比男人都强。在屈原遭难的时候，别的人都远他而去了，只有这个丫鬟女子陪伴在屈原身边并替屈原服毒而死。他骂的那个"大骗子"叫张仪，是他用六百里土地的空头支票迷惑了楚怀王的眼，破坏了屈原苦心经营的合纵联盟。他骂的那个"昏君"就是楚怀王了，亲小人而远贤能，没有主心骨，致使汉中一仗死了八万条人命。他骂的那个"势利眼"叫宋玉，为了自己的锦绣前程，竟背叛了自己的恩师，在屈原遭难的时候，投靠了子兰那个"瞎锤子"。他还骂朝廷鱼肉百姓，让奴隶和奴隶搏杀，把人当鸡一样斗着玩。他还骂楚国把这样好的人流放了二十年不用，他还骂天地不长眼，好人总是得不到好报。四爸像是疯了一样，骂了一圈又一圈……

那天晚上，是我和父亲把四爸扶回去的。在扶他回家的路上，他还有一句没一句地吟诵着《离骚》的诗句：长太息以掩涕兮，哀民生之多艰……亦余心之所善兮，虽九死其犹未悔……但村里人谁能听懂那是《离骚》呀，他摇摇晃晃醉醺醺的样子，弄得一街的人都出来看他出"洋相"……

此时此刻，我想到了两千多年前那个五月初五的日子，在汨罗江边的阳光下，那个三闾大夫吟诵给渔夫的那句诗：举世皆浊我独清，众人皆醉我独醒。正是在那种悲凉无奈绝望的心境中，这个人怀抱着沉重的石头而将生命的最后一点亮光熄灭了。那抱石而死的最后一跳，穿越历史的时空，刺痛着我浑浊的视线，也震撼着我麻木的灵魂……

屈原和端午的话题是沉重的，历史和后来者的激愤也算合情合理。但我觉得，所然者也并非全然尽然，也不能形而上学而一叶遮目，就像马克思所说的在泼脏水的时候连同婴儿一同泼掉一样，那是最简单不过的常识。纵观两千余年的社会人事，应该说，中国人在骨子里还是崇尚公道正义良知良能的。从周公孔孟以来，我们的民族对仁义道德的敬重是有深厚传统的。中国人能把端午奉为一个节，而这个节正是纪念人格伟大的屈原的，且赛龙舟吃粽子插艾叶佩香包的习俗能在民间延续两千余年，西方哪个国家又有这样隆重传统的节日呢？仅由此点可见，我们的社会还是有着一种根深蒂固的向善向上的力量。我曾经做过多少次梦，也多少次梦见这千年不死的端午精神就像鲜艳美丽的花朵，是那样缤纷地开放和摇曳在我们这块古老神圣的土地上……

云山苍苍，泪水茫茫，屈子之风，山高水长……

走，看戏去

亲　戚

我的三叔爱看戏，也爱唱戏，方圆几十里，只要听说哪儿演戏，他都要叫上一帮人，满世界跑着看。小的时候，出于好奇心，我也常跟在三叔的屁股后面，到处浪着看戏。

据老人们讲，我们村是明朝时候就有的。正因为村子有历史，唱戏的传统也一代一代地传承了下来。村里最讲究的建筑是戏楼。各式戏衣，各种道具，各样锣鼓家伙，满满地放了一个仓库。唱戏的人马也齐全，生旦净丑啥角色都有。三叔是戏班子的"班主"。在我的记忆中，无论是秦腔戏、眉户剧、碗碗腔、皮影戏、木偶戏，他都能讲得头头是道，唱得有板有眼。有一次，大家在一起吃饭，一时兴起，有人唱了一折《辕门斩子》。人家唱完了上一句，他就把下一句的戏词念了出来。等人家唱完了他念的戏词，他又把再下一句的戏词说了出来，一字不差，满场惊讶。

印象最深的有样板戏《红灯记》，古装戏《三滴血》《金沙滩》，现代戏《梁秋燕》《磐石湾》。三叔在《红灯记》中演李玉和，在《金沙滩》中演杨继业，在《磐石湾》中演游击队长。无论演什么角色，反正他一出场亮相，台下就吆喝起来，叫好声一片。有一年，县上调演了三叔他们排练的一出本戏，还获了一个什么大奖，戏班子的名声也就更大了。今天这个村请，明天那个村叫，很是红火了一阵子。后来，饰演铁梅的那个漂漂亮亮的雪儿嫂子还调到了县剧团，饰演梁秋燕的那个清清纯纯的嫂子，还在西安北院门的一个"榜眼故宅"扎着点唱皮影戏。

《磐石湾》讲的是抗日战争时期的事情。剧情中有个儿童团长，站在山头上放哨。山头上有个消息树，看见鬼子来了就把消息树扳倒。以树为暗号，把消息报告给游击队。三叔知道我在学校讲过故事，说过相声，也指挥过合唱，就让我演儿童团长的角色。我的戏很短，一出场端着红缨枪，然后像孙悟空耍金箍棒一般，把红缨枪在手中转动几圈亮个相，就跑上山头瞭望了。山下，三叔带领游击队在操练拼刺刀，杀杀杀地呐喊着。忽然，锣鼓家伙声急促起来，鬼子来了。我抱住消息树，一下子就把它扳倒了。现在回想起来，还挺有趣的。这是我第一次演戏。参加工作后，还包着白羊肚毛巾，演过《兄妹开荒》的一个段子。

　　在我的老家，戏的概念是很宽泛的。有时把看节目看电影看别人吵架打架也叫看戏。一说都是：走，看戏去！所以，我也说说看电影的事，更有意思。

　　小时候，一听说晚上放电影，大队部院子里挂银幕的杆子还没立起来，大椅子、小板凳就一排挨一排地摆满了。有时候人太多，挤都挤不进去。就有孩子爬到院外的树杈上，骑到墙头上，上到屋顶上。那时看的都是一些打仗的片子，什么《地道战》《地雷战》《渡江侦察记》《永不消逝的电波》，还看过朝鲜的《卖花姑娘》。最拥挤的一次是看《少林寺》，把大队部院子的大门都挤坏了。有一次，我被挤得悬在空中，一会儿被人群拥向东，一会儿被人群拥向西，鞋都被挤丢了。

　　演戏和放电影的时候，也是赶集的时候。院里院外零零碎碎的摊点，卖什么的都有。醪糟呀，凉粉呀，甘蔗呀，核桃呀，也有卖烟卖水的，熙熙攘攘，络绎不绝。

　　我的姥娘活了一百岁，第一次看电影惊奇不已。回来后天天念叨着：那是啥布呀，变来变去，变得人眼花。恁多人在布上跑，那人是咋跑到布上的,他就不怕掉下来摔着?还有我的大伯更好笑。他一辈子连县城都没去过,眼睛也不好,每次看电影就坐在前排。有一次,看着银幕上的人一会儿哭,一会儿笑,就想伸手摸一摸那布是什么东西做的。可他的手刚一碰上银幕,画面上的一头牛就"哞"地叫了一声。他像触了电似的,猛地把手抽回来。第二天,他对人说:那布上的牛比咱村的牛灵得多,昨晚我刚摸着它的尾巴,那牛就张嘴叫了起来……

是的,我也惊奇,人怎么就能在挂着的幕布上跑来跑去,又哭又笑,真是见了鬼呢……

小姨

小姨是母亲姊妹几个中最小的一个。之所以叫她小姨,还有一层意思,因为我还有一个大姨。但那个大姨我从来没有见过,母亲也没有见过。那是在从山东往陕西逃荒的路上,姥爷姥娘把她给人了。

　　小姨很小的时候,姥爷就娇惯她。姥爷爱喝酒抽烟,喝酒的时候,总是要用筷子头沾一点,说:妮儿,尝一口。小姨用舌尖舔了,就来回地甩舌头,惹得周围的人就哈哈地笑了。也是姥爷爱自己的小妮,以后每逢喝酒的时候,姥爷都要这样逗孩子。抽烟也是,姥爷喔着那水烟锅,长吸一口,又一圈一圈地吐出来。孩子觉得那烟圈升腾的样子好玩,也就照模照样地学了。时间一长,小姨也就抽起烟来了。

　　小姨小的时候总是这样被姥爷娇惯着。结婚后,姨夫家兄弟姊妹多,家庭情况又不好,老太太又爱唠叨,小姨就带着孩子分开过了。那时,姨夫还在西安上班,小姨做农活不在行,又有四个孩子,年终分红的时候,总是背着"超支户"的包袱。看着小姨一个人在家难过,姨夫就把工作辞了。姨夫原来的工厂是造枪造炮的,他是模具工。回来后,他就在家里做起了砖斗子。农村人永远把盖房娶媳妇安埋老人当作大事,我们那地方的土好,多是质地黏重的红褐垆土,几乎村村都有砖瓦厂。看了姨夫那精密合缝的手艺,再敲敲那些响当当的东西,那些砖斗子就抢手了。小姨家生活的主要来源就是做砖斗子。有长方体的,有半月体的,盖房箍窑一应所需。也是父传子受,后来大表兄也以此为生。姨夫家姓张,一提起姨夫家,方圆的人都是说张木匠长张木匠短的。小姨的大儿子结婚早，是被同巷的一个姑娘看上了，女方家怕夜长梦多有变故，十七八岁就把姑娘嫁了过来。儿子一结婚，家里有了劳力，小姨就不下地了。只是做做饭，收拾收拾屋子，看看孩子。

小姨家最困难的时候是刚分家的时候。因要急着另院盖房，父母就把我们家准备盖房的木料拉去了。那时，也是木材缺，我们那一带的木材都是用火车从东北运过来的。见了那些长长短短的木头，小姨就感动得抹眼泪。还有，就是那时父亲是生产队长兼保管，小姨家盖房的时候，粮食不够吃，就让父亲借了生产队的粮食，说等麦收后就还上，可那两袋子粮食最终都没有还回来。一提起这事，小姨总会说，那时候咋恁穷呀。她还说，人民公社的时候，一人一碗的饭吃完了，她站在食堂门口就是不走，等着喝那锅底里剩的菜汤。为了解决做砖斗子的原料问题，记得大表兄还叫着人合伙在夜间出去偷树。那时偷树的人也多，洛惠渠上那两排高大的白杨树是见天就要少一些的。小时候去姨家，印象最深的就是屋檐下堆放着的那些解板了，还有那满院子的刨花和锯末。

与一般的农村家庭相比，小姨家的条件相对好一些，但小姨和姨夫都是大手大脚的人。人家吃顿肉都像是过年一样，而小姨家隔三岔五有肉吃。小姨常说，缺啥也不能缺嘴呀。每当放寒暑假的时候，我就心急火燎地往小姨家跑，并且一住下来就不想回去了。他们也是疼爱我，吃饭的时候，总是一块一块地往我碗里夹肉。当然，还有那热气腾腾的白面蒸馍，像勾魂似的诱惑人。小姨家有个大眼睛的表妹，我们常常一块提着篮子到地里割草。有时，我摘了牵牛花，就追赶着插在这表妹的头上。我们也一同疯跑着捉蚂蚱、捉蜻蜓、捉蝴蝶，割草的事就抛到九霄云外了。

小姨的个子比母亲高多了，年轻的时候留个大辫子，姨夫也爱她，一到赶集的时候，两个人就骑着自行车风一样地去了，那是乡间土路上的一道风景。小姨总有好一点的衣服穿在身上，颜色也是鲜亮鲜亮的。小姨还说，我小时候是吃她的奶长大的。这件事似乎母亲也多次提及，说我生下来的时候，似乎不会哭，有一口气没一口气的，像是个"死娃娃"。母亲甚至都有一种想法，要把我扔了。但小姨来了，她也是刚刚有表妹不久，就说：是不是孩子饿了？我似乎也是和小姨有缘，在她的怀里吃了奶，眼睛就睁开了，小胳膊小腿也就慢慢地扑腾起来。小姨总是说，那时你妈没奶，是我的奶把你救活的。我从心中一直感激着小姨。

我知道小姨爱抽烟，每次回老家都要带上两条，也给她一些零花钱。如今，小姨和姨夫都是七十开外的人了，活也做不动了，就在家里开了一间小卖部，收入是很微薄的。我给一次钱，她就流一次泪，每次都是紧紧握着我的手说：孩呀，你还记着姨，你还没忘姨呀。三舅在兰州工作，母亲和小姨相约着去兰州的时候，我都是提前买好火车票去接她们，也要领着在西安转一转。小姨一生没出过大力，一进商店就这里那里地看新鲜，而母亲却是吃了苦的人，腿疼得走不了路。安排好母亲坐在一个地方，我就陪着小姨逛来逛去了。

我自以为对小姨还是好的，她却对我有意见。有一年，小姨和姨夫来西安了，提前也没打招呼，自己搭车来了。小姨和姨夫是来求我给二表兄的姑娘找工作，说孩子上了四年大专，就要毕业了，花了那么多钱，总不能白扔了，希望我给孩子找个工作。现在各大专院校都在扩招，招生的时候都签协议，说要安排工作，而等毕业的时候，就只有拼爹拼娘拼关系了。中国的国情就是人多，就业难是普遍的，再说各个单位都在减员，要谋一个好职位是不容易的。

但两个老人大老远地来了，我就答应给孩子想想办法。我先是把孩子安排在一个工程单位。那几年到处都在修铁路，我的一个同学是工程监理，就把孩子放在办公室，整天就是打打文件收发接待什么的，工资也是很丰厚的。但工程单位流动性大，一个工程做完了，就要换地方，过的是那种像吉普赛人一样的生活。这孩子没出过远门，天南海北地迁徙，总是想家，就不愿意在那里待了。小姨又找我说，能不能在西安给孩子找个事干干。我的爱人在一个中学工作，图书馆的老师要退休了，正好有一个荐口，就让孩子进了学校，都是聘用制，干好了就会留下来。可这孩子谈了个对象，是她的同班同学，都是学计算机专业的，两人就合计着开了家打字复印铺。现在各单位管理都正规化了，干什么都要有个条条框框，都要揭挂上墙，加之会议和庆典多，做会标做横幅做展板做绶带做证书的络绎不绝，生意是很红火的。这孩子就两边忙活着，顾了那头就顾不了这头。图书馆的事也多，学生们借不了书还不了书就有意见，学校也有富余的老师，就这样，工作的事又泡汤了。有一次，我回家去看小姨和姨夫，感觉他们包括二表兄对我都不像以前那样热情了。我知道是因为没有给孩子安排好，而惹他们生气了。但什么解释都是多余的，心尽到了就行了。

前一段时间，听说小姨病了，是脑梗，也有心脏病，走路抖抖索索的，说话也是东一句西一句的。但她还是抽烟，而且抽的都是很廉价的烟。小姨抽了一辈子烟，也是戒不掉了。我托姐姐给她捎去了两条好烟，也捎了一提兜药。亲爱的小姨，衷心祝愿您健康长寿。

姨

夫

姨　夫

小时候，我最爱去的就是姨夫家，也爱听他说话。

姨夫原来是抗美援朝回来的。后来，转业到临潼的一个工厂，叫多少号信箱，是造枪造炮的，但不让说，每年还发保密费。他祖籍是山东和河南交界的地方，蒋介石炸了花园口，水淹了村子，一家人就逃荒来了陕西。他们那个村叫寄鲁村，都是山东过来的。

那一年，他回家探亲，看上了姨。结婚后，就不想在外面干了。正好工厂要下放人，卷了铺盖卷说不去就不去了。他对人说，造枪造炮也不是啥善事，子弹一出去就是人命，咱不干那鸟事。

他的技术好，在我的印象中，没有什么东西能难住他的，还会画图纸，那密密麻麻的线条，就让村里人佩服得不得了，上门请他做活的人特别多。农村人有钱就是盖房子娶媳妇嫁女安埋老人，立柱架梁做门窗的事就不用说了，谁家嫁婆不给儿女做些箱子柜子梳妆台？谁家安葬老人不请人解板做棺材油漆彩绘？他连枪都能做出来，这些事情对他来讲，只能算是小儿科了。他做出来的活就是和别的匠人不一样，精致，美观，新颖，结实，而且顺手好用，和商店买的一模一样。

无论到谁家做活，除了付工钱还得管饭，并且给匠人的饭总是不能凑合的。有时，出村做活，喝点酒，天也热，回家太晚了，他就让人家拉张席子往院子一铺，一晚上就过去了。人们都知道他走南闯北经过世面，再说农村人晚上也没有什么事情，就递烟泡茶倒水地供着，听他闲谝说笑话。

有一次，我们村的一户人家给儿子做家具，我跟着姨夫混吃喝。晚上，我也挤到人堆里去听他谝，真开眼开心呀。他说，有一年坐火车到北京出差，因为要给朋友带东西，就装了许多钱。车上闷热，就把衣服挂在衣帽钩上。旁边有个女的，长得也文文绉绉的，还系个围脖。可能是晚上闲得慌，就往我身上偎，不大一会竟靠着我肩膀睡着了。正当我也迷瞪的时候，对面的老头把一颗杏砸到我脸上。我猛地一愣，那老头对我努嘴。我以为他嫌那女人靠在我身上不雅，但老头还是使劲地使眼色。回头一看，我的衣服没了。再一扭头，见一个男人拿了我的衣服正往车厢头跑。我一下子冲过去，把那小子的双手就反扭到脊背后。我揍了那小子两拳，他不停地给我作揖求饶，我就让他滚开了。老头问我丢了什么没有，我说那衣服里没钱，就两包烟，一张票，鼓鼓囊囊的，那是烟幕弹。我军人出身，谁还能把我偷了。说到这里，众人都笑了。说他有艳遇，有女人缘。姨夫说，不是，看你们那点见识，那是美人计。我上了厕所回来，那个女的就不见了。从那以后我就知道，女人可不是啥好东西……

　　他接着说，到了北京，那是人啊，叫我迷方向。像我这样，走了多少地方还没迷过。但北京真是大。那天安门广场大得呀，咱这打麦场顶不住人家一角，连个指甲盖都算不上。我绕了一圈，花了半天。那天安门城楼了，咱村的戏楼可是不能比的，人家那是大树，咱那是树叶。光一个毛主席像挂在那儿，从下往上看，就得让你仰半天的头。那人民大会堂的柱子，比咱村的井口还粗，那柱子才叫高哩，阔气得不能说。进了商店，还有电梯，脚一挨嗖地一下就上去了，你让它到哪就到哪。商店里花花绿绿的，让人头晕。咱那一点钱到了那里，就像撒胡椒面。一个四川工友让给孩子捎个鼙鼓，咱也学说普通话，问售货员，你那小鼙鼓多少钱？人家拿眼睛戳我。想是人家没听清，又问了一遍，人家那女的就说：流氓。我还以为是六毛哩，掏了钱给人家，那女的可凶了，一把把钱扔到我脸上。天老爷啊，跟北京人说话真难，说不清。后来我才知道，四川人说"鼙鼓"，我也说"鼙鼓"，人家听成了"屁股"，人家说"流氓"，我当成"六毛"了。说到这，围了一圈的人都笑得前仰后翻。那个邻家媳妇笑得捂着肚子，在地上不停地打滚……

还有一次，在县上工作的一个高姓伯伯，回来请姨夫给老人做棺材。记得是毛主席逝世的那一年，姨父带了几个徒弟来了。他说，这就像给老人盖房子，一定要精心。一天晚上，月光也好，满天的星星。再说活也快收尾了，他喝完酒，就又谝开了。

他说，在临潼的时候，秦始皇的墓我去过多少趟，那坟头大得呀，咱村十个土堆凑到一块也顶不了人家一角。秦始皇干了那么大的事，长城一万多里都是人家手里修的，把六七个国家统一到一块，不容易呀。但秦始皇也干过错事，把天底下的书都烧了，不让人说话。靠他墓边有个啥村子，我还去过，看我这脑子，想不起来了，是埋活人的地方，当时那些有大学问的人都被埋在那儿。秦始皇可真刁呀，不用刀，不用剑，杀人不见血。他派人挖了个大坑，然后在坑里面种西瓜，等西瓜熟了，让这些"臭老九"下去吃瓜。秦始皇就下命令让人往坑里填土，活埋了，一个也没上来。我猜，现在人说谁傻，就说谁"瓜"，"瓜"或许就是这样叫出来的？哈哈哈……

众人笑完了，他又正经起来，接着说，在秦始皇墓边，还有一个村，叫门家村。那儿埋了一个人，叫蔺相如。咱现在唱戏有一段《将相和》，就是说他的事。蔺相如官做到宰相一级，能说会道，也是个外交家。在处理国家关系上，可是为皇帝争了面子，皇帝很信任他。这皇帝的儿子被抓到咸阳做了人质，就派蔺相如去了，说得很清楚，就是要保护好太子。有一天，蔺相如陪着太子到骊山去玩，不知是咋了，犯了急病，没救过来，死了。这一下天塌了，皇帝那个生气啊，当时就下命令，把蔺相如"去头挖心"，满门皆斩。姓蔺的人都害怕呀，就把姓改了，去掉了草字头，挖去了肚里面的笔画，就姓了门了。你看看，太子死得蹊跷，门姓也不是正经来的，从那时起，人们说起那些不可思议的事，就说是"邪门"了，"邪门"了……

　　天气不早了，见人们听得也不起劲，姨夫也有点累了，就让大家早点歇着。我坐上姨夫的自行车，也回家了。路上，姨夫对我说，农村人没文化，就爱听笑话，一讲历史就打瞌睡……

嗷嗷待哺

一个夏日的傍晚，和女儿到曲江池公园游玩。风吹柳丝，荡起层层微波，心情格外凉爽。在畅观楼前的长廊，女儿把一把鱼食撒下去，一个接一个的鱼儿就游过来，五颜六色，摇头摆尾，可爱极了。女儿不停地抛撒着鱼食，东一把，西一把，鱼儿也就不停地游来游去，互相追逐着，推挤着，有的竟跃出水面，溅起一朵一朵的浪花，引来一堆一堆的人观赏。

这样的情景，让我想到了老家的喂养。那时，我家后院垒了个羊圈，有半人高。靠里的墙上搭了个棚子，靠外的墙上开了门，用几根木棍绑的栅栏挡着。羊吃的草都是我们放学后割的。有时在渠边地头，有时还钻到苞谷地或高粱地里，一把镰刀一个竹笼。遇到草木旺盛的时候，往往还解了裤带捆草，前面一笼后面一捆地放在肩膀上吊着背回家。晴天的时候，羊是不缺嘴的，并且全是绿茸茸的毛毛草和抓地龙。但遇到雨天，特别是连阴雨天，那羊儿就受罪了，咩咩地叫着，叫得人心碎。地里到处是水，进不了脚，即使进到地里，被连根拔出来的草沾得满是泥巴，羊也不会吃。所以，我们就把镰刀绑在一根长长的棍子上，钩杨树柳树的枝条喂羊吃。有粗一点的枝条钩不下来，我们就光了脚板上到树上去折，更粗一点的甚至要用脚蹬踏下来。就这样，有时还是满足不了几只羊的胃口。雨天的秋夜，乡村十分安静。每当听到后院羊娃子们的叫声时，我就想到了新学的那个词：嗷嗷待哺。当然，往羊圈撒草的那一刻，几只羊从棚子里冲出来，互相用角拱来拱去，不停地用蹄子扒草的时候，我的感觉和这鱼儿抢食的感觉是一模一样的。

邢庆仁有一幅画：黑黢黢的厨房，一只鸡站在灶台边，母亲正手忙脚乱地在锅里翻腾着什么。孩子们或立或坐，一副焦急等待的神情。或许那锅里煮的是稀汤面条，或许那锅里熬的是苞谷糊糊，或许那是一锅萝卜白菜的大烩菜，或许是哪个孩子"狗上墙"的日子，母亲正摊了一张一张的煎饼，炸了一根一根的油条……显然，孩子们已没有耐心了，他们或趴在木墩上，或撇着腿坐在地上，或伸着脖子，饥肠辘辘地等待着……

这种艰难的日子，我是亲历过的。

记得有一次，我们姊妹几个都放学了，母亲煮了面条。可盛来盛去，连红薯叶子加上也只够五碗。两个妹妹已是迫不及待，抢去了两碗面，我和姐姐各端了一碗。正当我们狼吞虎咽的时候，忽然，我发现母亲端的是一碗面汤，上面漂了几个菜叶子。我给姐姐使了使眼色，就把碗里的面挑了几根出来，要放进母亲的碗里。可母亲捂住碗口不要。我们和母亲推来推去，那几根面条就在空中荡着，一不小心，面条从筷子上滑落下来，掉在了地上。地上尽是灰土，面条也全变了颜色。母亲气愤地瞪着眼睛，朝我们吼了起来：让，让，让，谁叫你们让，本来就不够吃，这下好了，咱谁也吃不成了……吼着吼着，母亲的泪水就流了下来。她慢慢地蹲在地上，拾起那几根面条，颤颤巍巍地站起来，重新放进锅里搅了搅，又用筷子挑到了我们碗里……

那一天，我们含着泪一口一口地吞咽了那碗面条。母亲一碗一碗地喝了那黑乎乎的面汤……

向往飞翔

我童年的时候，那个封闭年代的封闭小山村，由于交通的落后和经济的贫穷，人们是很少出门的。别说孩子，就是白发苍苍行将入木的老人，有的一辈子都没有到过县城，更谈不上见过火车，坐过飞机了。

在老家，儿时所见的，就是男人们光着膀子，把日头从东背到西，在自己那二亩三分地里终日劳作。而女人们则颠着小脚，日复一日地围着锅台忙碌。那时，庙会似乎也被停了，唯一要离开村庄的理由就是年年节节走亲戚。在关中，传统古老的节气是很多的，我想，那是人生命本身与外面世界沟通交流的一种需要。

我的舅舅是1948年跟随解放大西北的部队而落脚到兰州的。后来，在政法系统的一个监狱做政委。关于外面世界的信息和样子，我是从舅舅的来信和随信寄来的照片上获得的。包括有时寄来了包裹，那里面的东西都是农村人稀罕的。

舅舅妗子和表姐弟隔几年回老家一次。村里的人，特别是孩子们就新奇他们的穿戴，新奇他们的腔调，新奇他们大包小包的样式，新奇那装在包里的东东西西。那时，我才知道糖果不仅有散面的红糖，而且有白得晶莹的冰糖，不仅有硬的水果糖，而且有花花绿绿的糖皮包裹的软糖和酥糖，还有皮皮烤得脆黄的面包，还有什么白兰瓜哈密瓜，还有皮子做的衣服和手套，还有带了轨道的玩具火车，还有能折叠起来的雨伞，还有那四方如铁疙瘩般从一个小孔里能看到人的照相机。那时，我就想象着居住在城里的人的生活是怎样的天堂呀。

亲　戚

不知多少次，我缠着父母要他们领我到兰州去。我常常做梦自己长了翅膀，在天上飞呀飞，飞到了一个光亮四射的新世界里。那一年，我上五年级，妗子病了，而且病得很重。父母带着我去了兰州。舅家住在三楼，有四五间房子，很宽敞，很亮堂。特别是那厕所，感觉比农村的厨房还要干净整齐。父亲也是第一次出这么远的门，总是疑惑这楼上的水是怎么上来的，一开龙头哗哗地就流出来了。我也疑惑那个一尺见方的小匣子，里面竟有人说话唱戏扯旗子喊口号。而更奇怪的是，你把那个旋钮往左转一下，咯噔一响，人就说着话走出来了；再往右转一下，咯噔一响，人顿时就没有了。出于好奇，趁屋里没人注意的时候，我就把那旋钮不停地转来转去，而每次转出来的人物和画面竟都是不一样的。真是太奇妙了。

在表姐的引领下，我们到了黄河边，印象中那一大河水是青蓝青蓝的，而那跨河的大桥却是黑乎乎的。表姐说那桥是外国人建的，没用一砖一石，全是用铁焊接出来的。街道上的公共汽车拖着一条长长的辫子，还有那绿色的卡车黑色的小卧车屁股后面喷着烟。最多的是自行车，上下班的时候就像海水涨潮一样热闹。还有商场里那五光十色的衣帽，各种花样的食品，会跑会飞的玩具，琳琅满目的手表眼镜和金戒指金耳环，令人目不暇接。之后，还登了白塔山五泉山，还在一个博物馆看到了古人在竹板上写的长长短短的文字。我幼小的心灵被这新奇的世界一次次地震撼着。

晚上，我就一个人跑到家属院外的马路边，看那霓虹灯的闪烁，看那奔驰而过的汽车，看女孩子身上那飘动的红色衫裙，看人们在灯下下象棋打扑克……城市，多的是丰富和色彩，这是我对城市最初的感觉。

我们去的时候，妗子已经出院了。但刚做完手术，身体仍很虚弱。母亲把我们从老家带去的枣呀，花生呀，小米呀，绿豆呀，做了给妗子吃。每次都是我给妗子端过去，看着妗子吃完了，就再把碗筷端回厨房。妗子是知道我喜欢学习的，所以，一直都对我显得偏爱。在兰州住了三天，我们要走了，妗子很是舍不得，她拉着我的手，塞给我十元钱，让我回去买些学习用具，并鼓励我说，外甥聪明，将来一定会有出息的。喜欢城里以后就多来几次，下次来的时候，妗子带着你，让你转个够。

回到了老家，我把在城里所见所闻的新奇感受说给了我的好伙伴，他们像听天书一样。从他们圆张着的嘴和大睁着的眼睛中，我能感受到他们内心翻卷的浪花。他们是多么羡慕我呀，又怎样地渴望着有我一样的幸运。他们那封闭得严严实实的心似乎被打开了一条缝，也像冰凌下的鱼儿从打开的缺口见到了一缕光明，他们呼唤着要出去，要呼吸新鲜的空气，他们想长一双天使的翅膀，到外面的世界自由飞翔。

向往自由飞翔，是人类永恒的梦。

我的妹妹

记得我刚上学的那个夏天,晚上放学回到家,看见母亲躺在那棵茂盛的苦楝树下,南巷那个叫金凤的接生婆正跪在凉席上忙碌着。不一会儿,院子里就响起了哇哇的哭声。从那时起,我就知道了小孩子不是从村头的涝池里捞出来的,也不是从红红的高粱地里捡回来的,而是从母亲痛苦的呻吟中来到这个世界上的。虽然妹妹长大一点,照样要问母亲她是从哪里来的,母亲还是说她是从月亮地里抱回来的……

妹妹上小学的时候,我已上中学了。不知为何,小的时候,妹妹爱流鼻涕。一不留神,那鼻涕就像毛毛虫一样露出头来。那个年代的农村,也没有手绢卫生纸什么的随时揣在兜里。所以,鼻涕一出来,妹妹就跑到墙角去擤了。那时的冬天似乎比现在要冷得多,我们家没有钱买毛线,也没有绒手套棉帽子可戴,妹妹的手脸总是冻得青一块紫一块,有时还从冻疮上流黄水。那黄水像牛皮癣一样,流到哪里,哪里就又冻结成疮了。有冻疮的地方是不能活动的,一握笔,一洗脸,那结痂就裂开了,殷红的血一道一道地往出流。因了这样的穷酸样子,就有男孩子欺负妹妹,或是抓了小虫子放在她的脖子里,或是悄悄抽去后面的板凳,等她再坐下的时候,就四仰八叉地摔倒了。不知有多少次,妹妹放学回来的时候,眼睛都像手上和脸上的冻疮,总是红肿红肿的。有一次,妹妹哭着来找我,说是班里的一个男孩把鼻涕抹在她衣服上,她也回头去抹了,可那孩子泼皮,猴急之下竟又吐了唾沫过来。我找到了那个男孩,一把拽住了他的衣领,也教训了两个耳光,这才算是为妹妹出了一口恶气。现在想来,那时犹如美国打伊拉克,以强凌弱,是算不得什么好本事的。

在学校里,妹妹虽然低眉低眼,学习上却用功夫。教室后面的小红花要数她的最多。特别是那字写得好,整整齐齐,横竖都像是用三角尺画出来的。即使是写在正面用过的背面纸上,也是一丝不苟,作文中也时不时有一些令人惊叹的词句。我常常为妹妹高兴,也和她比赛着看谁得的奖状多。说实话,我们姊妹四个获得的那些诸如"三好学生""优秀团干部"等奖状,大大小小的,竟把我们家的一面屋墙贴得满满当当。那是一种风景,惹来了许多羡慕的亲戚邻居。

1978年秋天,我到西安上学了,妹妹仍在刻苦和努力着。从初中上到高中,人也出落得越来越秀气了。家里条件渐渐也好了,穿上了新衣服,围上了红围巾,大大的眼睛,乌黑的辫子,让人感到了一种青春的美丽。有时,我还和妹妹开玩笑说,当年的"丑小鸭",现在变成"白天鹅"了,小心哪个坏孩子把你抢了去……

妹妹上到高中二年级的时候,母亲病了。那时,姐姐出嫁了,我在西安,她在离家十五里路的镇上上学,父亲一个人里里外外地忙着。有一次,她回家取馍,看到母亲因胃病发作把心口顶在案板上揉面,搭笼上锅后,又一手拍着肚子,一手往灶口填柴火,她的泪就像母亲脸上的汗珠一样簌簌地掉下来。妹妹想着,在这样艰难的情况下,母亲仍然这样坚持着为自己蒸馍,为自己准备辣子,为自己准备要带的饭菜……妹妹想上学,正在爬坡的时候,她也多么希望和我一样出去上学啊。但在那一刻,她竟做出了一个在她那个年龄不应该有的令人伤心的艰难的抉择。

我是在那年寒假才知道妹妹不上学了。回来的时候,我还为她买了一厚沓高考的书籍。那天,我甚至是带着哭腔劝妹妹千万不能这样，不上学就意味着自己堵了自己的出路呀。但妹妹是铁了心了，死活都不再去上学了。还说她脑子笨，上不前去，不是学习的那块料。从此，一个十五岁的孩子，就与这皇天后土，就与这荒原蒿草，就与这牛羊马驹，就与我的父母一样，在这祖祖辈辈生活的黄土地上生活了……

但妹妹不一样，就是不一样。二十世纪八十年代的时候，有一个《陕西农民报》。那报纸开张不大，但念的都是农业的经，写的都是农村的事，说的都是农民的话，我是看过的，很过瘾，很解馋。不知为什么，这样的报纸现在已经没有了。妹妹对这报纸着迷，几年下来，竟剪贴了几大本子。可能是看到了西安要办奶厂的信息，也可能是看到杨凌有奶山羊品种的信息，妹妹竟买回来了一群角是直竖竖的却不能剪毛的那种羊。她说通了父母，好好的一块地就用夯墙圈了，在里面种苜蓿种草，在里面放羊喂羊，然后把羊奶挤了装了，拉到县上的收购站。那时，可能正是社会上开始宣传"一杯奶强壮一个民族"的神话吧，羊奶牛奶供不应求，连附近学校的加餐也规定要给娃娃喝奶。她也不用送了，都是人家开着车上门来收。就这样，妹妹幸福地做着那种流奶流蜜的事业……

农村人爱跟风，见羊奶牛奶火成了这样，养羊养牛的人就像疯了。我有个同学，原来在县政府做事，公务员的收入是很丰厚的，他竟辞了工作，回老家包了十几亩地，买了几十头花花点点的奶牛，不惜血本地做了远近有名的"牛倌"。看到遍地是牛羊，来来往往的人也多，妹妹就把那群羊卖了。当然，那羊的价格也是要高很多的。卖了羊，妹妹又在村里开了一家食堂，外带着也卖些烟酒副食和日常的生活用品。老家那一带土质好，早晚温差大，利于糖分积累，西瓜脆瓜是出了名的，山南海北来的客户也多。加之国家的政策好了，种地也不纳粮了，村里人慢慢都有钱了，婚丧嫁娶的事也不放在家里，都在食堂操办了。妹妹的食堂熙熙攘攘，门口常常能听到噼啪噼啪放鞭炮的声音。看到开食堂开商店的生意红火，人们又跟风了。农村人会做饭的多，鸡鱼肘子鱿鱼酸辣肚丝汤，男人女人都能露两手。几乎是在一夜之间，村中心的十字路口呼呼啦啦地就冒出了八九家小饭馆、小旅馆、小商铺，还有一些摆摊卖菜卖零碎的。那些贩瓜贩果子的外地人一来，东拉西拽前呼后叫的，又互相比着压价钱。也是想着市场饱和了，也是想着为挣那么几个钱伤了乡邻的和气不值得，也是正好有一家亲戚用卡车改装了一部餐车，妹妹就把那些锅碗瓢勺一股脑地送人了。

　　从广东到上海到北京到西安周游了一圈，妹妹学会了一个名词，叫"腾笼换鸟"。就这样，原来做食堂的地方摇身一变，又挂起了保健品代理的招牌。厂家把那些药品器械拉来，销售出去的按比例提成，销售不出去的货还是人家的。在那不算宽大的平房里，花花绿绿的宣传品贴得满墙都是，有描眉的，抹脸的，祛斑的，瘦身的，美甲的，那些按摩腰背、暖手洗脚的东东西西也摆放了一河滩，老老少少的就坐在上面颇为新鲜地享用了。农村的老人们辛苦了一辈子，患腰腿病的人多。每到孩子中考高考的时候，大人们也迷信那些益智健脑的瓶瓶盒盒。加之，在我们那一带，这些年流行在塑料大棚里种地，大棚菜、大棚瓜、大棚枣铺张得满地都是。也是那些反季节的东西稀罕值钱，这些年在大棚里刨挖的人都发财了。有一户人家，栽了三亩大棚冬枣，一季下来竟有二十多万元收入囊中。衣食无忧了，兜里的钱多了，那些半大女子年轻媳妇中年女人就装扮修饰起来了。给老人拜年过寿也是，晚辈们不再提着那些馒头点心去了，也是像城里人一样，以孝敬那些保健品为时尚，一个比着一个买。妹妹的选择，又一次满足了农村人爱美的天性和对健康生活的新追求……

每一件事都做得顺风顺水，赚得盆满盘溢，妹妹就觉得似有神助。也是孩子们都大了，都出去了，也是觉得人活在世上不能光为了钱，还要有点精神什么的，也是在我们小的时候，对门有个娘信奉基督教，那娘上过南京神学院，能讲一口流利的英语，在初中的时候，对门娘经常过来辅导她，把她当作自己的亲闺女一般……多种因素吧，妹妹买了《圣经》，信奉基督教了。对门娘已回了西安，对门伯已是省基督教的领导人。因了妹妹的信心和奉献，她又被推举为老家那一片教会的会长了。也是通过对门娘的关系吧，教会从香港筹措到了一笔款项，加之信徒们的捐献，几年下来，这个小小的乡村教会竟积聚了几十万元的善款，一座欧式的带圆柱券门的教堂矗立在老家的土地上。我虽不信基督教，但那教堂我也是做了奉献的。因为在我上学的时候，妹妹曾以自己的不上学为代价支持了我。我甚至把自己准备装修房子的一套灯具拉了回去。我想，当妹妹站在那光耀的十字架前，在神的祝福和人的爱中再次讲经论道的时候，一定会更加喜乐和幸福了……

烤火闲话

著名画家邢庆仁写过一篇文章，叫《野风》，大意是，村子北坡有一片坟地，因为老听说那地方有鬼，所以平日一个人是不敢去的。一次，他跟人家割草往回走的时候，看见一股野风卷着一株蒿草在坡地里浪飞，并直奔他这边而来。他想到了老人的话，认定那野风是鬼吹的，一时脚跟发软，人像被什么东西咬住了似的。伸手去摸，却是枣刺挂住了衣角。他慌忙从埝坡上溜下去，弄得满身灰土。他瞪大眼睛，举目四望，那时，他是多么需要有人帮助啊……

　　可以想见，一个孩子在齐腰高的蒿草地里，遇见了孤魂野鬼。在仓皇的逃窜中，又从坡上滚落了下来，满身黄土，又空旷无人，那孩子幼小的心灵该是多么惊惧，多么寂寥，多么无助，多么需要哪怕一丁点的安抚和温暖……

　　在乡下的冬天，旷野中的风像刀子一样直戳戳割人。记得每到数九寒天，我们的脸都是被冻得紫红紫红，肿得像茄子皮。我们的手脚也是被冻得裂开了口子，常常流血。这种因冻疮留下的记忆，现在还落在我的身上。所以，生柴烤火在冬天的农村就像一日三餐一样，成了一种生存的需要。

　　今年冬天，我回了一趟老家，在尚未收拾的苞谷地棉花地里，就见到了几堆人，翻挑着柴火烤火。在熊熊的火焰中，我看到了他们那张开着的干裂如柴的双手。回到家中，见到了几个叔伯兄弟，我们又是这样架了一堆棉花秆，大家围坐在一起，边烤火边拉家常……

　　我大堂弟的孩子在南方打工，自己不小心从建筑工地的脚手架上掉了下来，手腕摔断了，大腿也摔断了。孩子在当地的医院住了十几天，老板给了三千块钱，就打发他回家了。现在孩子还躺在床上不能下地，再打电话过去，就找不到人了。孩子的后半辈子靠什么啊？他央求我到南方去一趟，事毕竟出在工地上，不能就这样死活都不管了。我的二堂兄患了一种病，是败血症。隔一段时日不换血，人就黄得可怕，气也上不来。在西安住院花了几万元，因为交不起住院费，在夜间偷着跑回了家。孩子是学法律的，大学毕业考了三次公务员，笔试都过了，而面试的关口总是被打下来。孩子找不到工作，快要急疯了。他哭泣着，竟一下子跪在我的面前，央求我利用关系给孩子安排一份工作。三堂弟买了一辆大货车，成大天南地北地跑，虽然路上到处查车，超载的罚款数额也很大，总体上生意还算不错。但最近在湘西的山区和当地的车撞了，人只是头部受了点伤，两辆车都被撞坏了。当地人蛮横，扣了他的车，要他赔偿五万元。他赶回来凑钱，头上还缠着绷带，央求我在湖南找找人，能少赔一点，家里刚盖了房子，拉了一屁股债……

　　不知为何，兄弟们的这些事情，都让我联想到了庆仁小时候在坟墓堆里遇到的鬼卷风，联想到了庆仁从埝坡上滚下来时那破烂的衣服和蜡黄的脸，还有那急切地渴望有人帮助的忧伤的眼睛……

　　驱车回到了西安，我给庆仁打了一个电话，长时间没见面了，想请他一起坐一坐。他说他在榆林，是应朋友之邀去写生的。陕北天寒地冻，塞外的风像磨得凌厉的刀片。他和朋友正在窑洞里围着火炉烤火。他还说，有朋友热情地陪着，天似乎也不怎么冷了，还有一种温暖的感觉。当时放下电话我就想，远方的已成名的庆仁是逍遥幸福的，而远方的我那些堂兄却是那样悲苦。帮助，抚慰，温暖，人世间谁不需要这样珍贵的感情，特别是生活在社会最底层的人们……

在一个大雪弥漫的晚上，我做了一个梦。我变成了一个火炉，冒着红扑扑的火焰，许多人围着我有说有笑。忽然，那一阵阵的欢声笑语变幻成了一群群起飞的鸽子，又变幻成了一团团的云彩，在蔚蓝蔚蓝的天空自在安逸地飘扬着……

牛哥相亲

牛哥相亲

跛子牛是我的一个表兄,和姐是同学,高中没毕业就回乡务农了。但牛哥爱看书爱钻研,脑子灵光。那时收音机呀、黑白电视呀都是稀罕物,谁家的机子没了声音或不出图像了,他过去捣鼓几下就好了。当然,那都是像电池用完了、线头接触不良之类的小毛病。牛哥下地干活没力气,就在村子的十字路口开了个修理部,主要是修自行车,也兼修手表电器,补轮胎换辐条换轴承滚珠收拾脚踏板,整天也忙得不亦乐乎。

牛哥是残疾人,十分敏感和自尊。到了谈婚论嫁的年龄,姨似乎比他还着急,托人给他介绍了不少对象。他到了人家家里,说话爱调门,以显得文绉绉,有文化,但农村人不吃这一套。为此,耽误了一些年龄,也错过了一些好事。那时,农村人都害怕稀里糊涂把姑娘嫁给个傻子,就常常耍心眼,变着法出一些难题,考验考验还未定秤的女婿。一次,他到女方家,那家人给他端了盘油条,放了一支筷子。牛哥想着不对,就文绉起来,翻着眼皮说:这独木桥难过呀。女方家人一看,这小伙子脑子还灵光,就挺高兴的,又从抽屉里取出一根筷子让他吃。他似乎要显摆一下自己家里的条件还不错,就扎了扎势,指着黄亮亮的油条说:我们经常不断地吃这个。人家想可能他不爱吃油条,就下了碗面端来。其实那冒尖的碗里就一根面条。他挑来挑去挑不起来,又站起来挑,那面条还是串连着不见头。牛哥急得满头大汗,就用筷子夹住面条往起卷,可卷成棉花穗子一样了又没法吃。女方家里人就捂着嘴笑了。这一笑,把牛哥给惹恼了。他认为这是故意耍弄他,看不起他这个跛子,起身就一摇一晃地走了。这个笑话一传十,十传百,从此,村里人见了他,就开玩笑叫他"独木桥",或学了他的手势和腔调,阴阳怪气地说:"我们经常不断地吃这个。"

农村人穷,但穷规矩多。其中有一个不成文的规矩,就是兄弟姐妹中大的没有结婚,小的也不能先结婚。牛哥有个妹妹叫玉兰,出落得也像姨一样,靓得很,也精得很。初中就谈了对象,小伙长得帅气,家里条件也好。玉兰就经常往人家家里跑,像过门的媳妇一样下地上厨,有时晚上就住到男方家里。时间长了,玉兰怀了孕。男方家就催着姨家成婚,害怕肚子显了村里人笑话。这下姨就更着急了,四处发动亲戚朋友给牛哥找对象,并且放出话说,离过婚年龄大一点甚至带孩子的也行。正好澄城县舅家村里有个媳妇,个子也不高,嫁出去不到三个月离婚了。原因是男人粗暴,见天晚上要和她做爱,而且据说上去就不下来,连左邻右舍的人都能听见这女人成天晚上不停地哭叫,那尖厉的声音听起来残忍极了。这女人吓得每天晚上不敢脱裤子,那男人就强暴地扒了外层扒内层,凶得像头疯狗,咬得那媳妇脸上脖子上奶头上满是紫红的伤痕。没办法,女人坚决离了婚,并发誓今后再不嫁人了。

回到家个把月家里人还算亲,时间一长,不仅嫂子给她脸色,哥哥的脸也越拉越长了。有时嫂子还用吆鸡赶猪的难听话刺激她,这媳妇只能有苦有泪往肚子里咽,忍了又忍。父母也觉得这样不是长久的办法,就劝女儿有合适的还是要成个家。妗子把牛哥的情况说了,这家人觉得找个有文化有手艺的男人也好,身体有点残疾弱一点也不是什么大问题,就同意先见见人。妗子托人把这个口信捎给了姨,姨家也同意先暗地里见个面再说。

就这样,双方约定,妗子和那媳妇站在村口的土坡上,让牛哥像唱戏一样过过堂。相亲的地方在澄城县那边，相隔有几十里远，要翻沟越岭的，姨不放心，就让玉兰和她的未婚夫陪着一同去。一则可以给哥参谋参谋，二来也顺便看看舅和妗子。就这样，俩人见了面，互相对望了几眼。妗子问那媳妇咋样，媳妇嘴角抿着，摇晃着身子说：你先问问人家愿意不。妗子觉得有门儿，又走过去问牛哥行不行。牛哥还有些趑趄扭扭，假装深沉的样子。这"媒婆"就不高兴了。妗子是那种能拉下脸的女人，她把双手往兜里一插，就开始数落起了牛哥：看你这娃，咋没眉没眼的。妗子辛辛苦苦给你跑事哩，都是自己人，成不成一句话嘛，有啥难的？不行你这事我就不管了。一个男人家，没一点成色。见妗子耍了脾气，牛哥瘸着腿赶紧走到妗子跟前，脸红耳赤地才给了准话：只要人家没意见，我，我，我还有啥说的。

　　一个月后，姨家在同一天热热闹闹地办了两宗大事，又娶媳妇又嫁女，也算得上是吉庆有余，双喜临门了……

茨沟

茨沟

小时候,每次到大舅家走亲戚,最害怕的是翻那座茨沟。那茨沟有多吊,有多深,我不知道。但我知道的是,在我们翻那座沟的时候,一辆轻快的自行车怎么走着走着就变成了一块沉重的石头。

这茨沟上下的穷人多,不仅是换柿子换炭的多,下来要饭的人也多。一见那些提篮子拉棍子衣衫褴褛的人进了村,一户户的人家就哐哐当当地把门关上了。但母亲不准我们关门,每次都说:那些人就是你大舅,就是你大妗子。亲戚大老远地来了,还能关门吗?

记得有一次,一个女人领着一个孩子进门了。正是吃饭的时候,母亲搬了凳子,母女俩手都没有洗,一坐下来就呼呼噜噜地享用了。吃了,喝了,这女人就和母亲拉话,说她家住在澄城的茨沟,是在修三门峡水库的时候,从黄河滩的鲁安村迁移上去的。母亲家原来也住在黄河滩的鲁安村。一听那一口的老家话,一说起那些熟悉的乡里乡亲,母亲就觉得也如姊妹一样亲了。临走的时候,母亲就给这女人的布袋尽满地装馍,又取了妹妹的衣服在那孩子的身上试来试去的。这女人一感动,竟拉着孩子跪了下来,非要让孩子认母亲做干妈。从此以后,每到过年过节的时候,两家人就像亲戚一样,来来往往地走动了。那女人和母亲牵着手进厨房做饭的说笑声,还有盘着腿坐在煤油灯下纳鞋底的影子,现在想起来还历历在目……

茨沟的沟壑旱天旱地的不打粮食,但看着那些柿子红彤彤的,个个被太阳晒得流糖流蜜,人们就想着苹果也是越红越甜,有那么多的坡地,闲着也是闲着,不如就栽苹果树吧。那时,农村都是"以粮为纲"，也正如城里都是"以钢为纲"，像栽苹果树这种事是很稀罕的，也要冒一定的风险。但茨沟的人"穷则思变"，饭都吃不到肚里，也就不大忌讳什么政治不政治了。这样一来，那些最早在地里种苹果的人家就渐渐富起来了。据我所知，在渭北一带，要说搞多种经营，澄城老哥是领头的。

自从1978年到西安上学之后，多少年了，我竟没有再去过澄城。其中的原因可能是我小时候对大舅的抠啬有着深刻的记忆吧。另外，也是那时我还远在宝鸡工作，一东一西的八百里，加之还要翻那座令人生畏的茨沟，所以，心里总觉得对大舅存着一份愧疚。那一年冬天，大舅去世了，虽然下着大雪，我还是急急忙忙地赶回去了。无论如何，我是要回去给他老人家上香磕头的。

时隔多年，茨沟上已架了大桥，汽车在那高耸的桥面上行走，就像悬在半空中一样。公路也宽展了，两边到处铺张着苹果树，白茫茫一片，毗连得看不到头。大舅家门口的那几棵柿子树还在，原来的老院子还在。村子的那些茅草屋和旧窑洞不见了，一街两行的新楼房矗立着。大舅家的老二和老三也都是一家两院，高门大厦试比高。当年的那个穷小子，现在是阔绰起来了。

大舅这一辈子省吃俭用，拉扯了三儿一女。大儿子复员以后在兰州工作，女儿经母亲介绍嫁到了我们村里。老二管着大舅，大妗子住在老三家，都是成家立业的人了。但令我没有料到的是，衣食无忧了，物质富裕了，这一家人却不和睦了……

大妗子去世早，就不说了。大舅病重的时候，老二给姐姐打电话，说爹病在床上都这么多年了，你也该来尽尽孝吧。我们村离茨沟那边远，姐姐已是当奶奶的人了。不说孝还好，一说到孝，姐姐就呛上了，说你孝顺，你们一门心思光知道挣钱，爹床上的被褥你们拆洗过几次？你们给爹吃过什么好东西？正说着，小孙子哭了起来，姐姐就说：我还忙着哩。老二这边一听这话，就说：你忙，你忙，你顾不得，爹死的时候你也不要回来！就这样，两头的电话挂了，姐弟俩的气也憋在肚里了。

老三家的院子比老二家还大，盖得像城里人的别墅一样，但老三连着生了三胎都是女孩。生不了男孩，两口子就生闷气。也是老二的孩子优秀，那年考到西安要上学走了，亲戚朋友们都来喝喜酒。老三两口子也来了，但没待一袋烟工夫，就说家里还有点急事，匆匆地走了。村里有多嘴的人，说老三两口子一回家，就关上门睡觉了。老二就想着自己儿子的喜事，街坊邻居们都忙前忙后的，亲亲的兄弟却躺在家里睡觉去了。也是酒喝得多了，摇摇晃晃地就过去砸老三家的门，破着声嚷嚷说：也不嫌旁人笑话，这么大的喜事，你让我没面子。我没了面子，难道你就有面子了？都四五十岁的人了，连个吃屎的娃娃都不如……从此，老二不进老三家的门，老三也不到老二家去，迎面碰上了，也是拐弯抹角地互相躲避着。

因了这样的矛盾和纠葛，大舅不在了，亲朋好友都来了，但姐姐没有来，老三家也没来。在大舅入殓的时候，姐姐没在身边，老三家也没在身边。去大舅的墓地要路过老三家门口，这姐弟俩就穿着孝衣，拿着花圈，蹲在那里等候着送葬的队伍……

看着这些事情，我难过得流泪了，就像小时候柿子吃多了，心口一阵一阵地绞痛。我想着，我在外面工作这么多年，也没机会和大家在一起坐坐，就说咱们兄弟姐妹们吃顿饭吧，也是想劝着大家坐在一张桌子上。但他们都撇着嘴说：不去，不去。你不要管，这里面的事情复杂，你想管也管不了。唉，都是一根筋似的，都是死硬死硬的脾气。一个爹娘生的，一个锅里吃饭长大的，姊妹之间有多大的疙瘩解不开呀……

　　这样的日子过了多年，二舅家的儿子得病不在了。那个表弟叫留记，才四十岁出头就走了。在那哭哭啼啼的院子里，又一次见到了老二，我就问：老三没跟你一块下来？他的表情很尴尬，含含糊糊地说了句什么，我也没有听清。后来，听村里人说，老二和老三是搭了两趟车，一前一后从澄城下来的，兄弟俩还是卖石灰的不见卖面的，也不着嘴呀。

　　去年十月，老二的儿子在老家结婚，我和母亲回去了。这么大的事，在兰州的老大却没有回来。在返回的路上，看着茨沟里那些疙疙瘩瘩的柿子树，还有崖畔上那些杂乱的酸枣树，也是没话找话，我就提起了这件事。母亲说：老大和老二也不说话了。老大已经退休了，他们住的平房要拆迁。老大媳妇也是澄城人，两口都想回老家住。老大就打电话给老二说：爹在世的时候说过，那座老院子是给我留的。可老二不答应。老大又说：那你看出多少钱合适，我们把老院子买了。不提钱还好，一提到钱，老二就说：谁稀罕钱呀，你每次一回来就住在那边，到这边转个身就走了，你还知道有个二弟？咱爹这一辈子你伺候过几天，他啥时候说过那老院子是留给你的？老大气得鼓鼓的，就在外面租了房子。他能从兰州赶回来吗？

　　那天热热闹闹的婚礼上，老二说他没见过场面，一见人多就浑身抖颤，三番五次地让我代表家长讲话。推也推不过去，也是为了给他撑撑面子，我就站在那红布搭起的台子上说：世界有六十多亿人，能生活在一个国家都不容易。生活在一个国家，能生活在一个城市都不容易。生活在一个城市，能有擦肩而过的机遇都不容易。百年修得同船渡，千年修得共枕眠。希望两个孩子，也希望在座的每个兄弟姐妹，在我们有缘共同生活的日子里，孝敬老人，和睦亲邻，团结同事，知道珍惜，懂得感恩……我的讲话结束了，那叽叽喳喳的院子变得鸦雀无声……

留记之死

留记之死

去年腊月的一天，姨家的宽哥突然打来电话，说留记死了。那电话是半夜打来的，母亲接了，一直就没有睡觉。第二天起来，母亲的眼睛红肿着，泪涟涟的。母亲把留记死的话对我说了，虽然有一堆的公务缠身，但想到这个表弟才四十岁出头，扔下两个孩子和一个半病的女人走了，心里有一种酸酸辣辣的滋味。我和母亲回老家了。

我有三个舅舅，大舅在澄城县的刘家洼，三舅在兰州的大沙坪，姥娘跟着二舅过，住在大荔两宜的新村。小时候，我经常到二舅家去玩。留记是二舅唯一的儿子，比我小六七岁。那时，他总是像尾巴一样，跟在我屁股后面爬树上墙甩泥炮滚铁环。这个表弟不爱吭声，但很细心，做什么事情都想着要做得圆圆满满的。记得有一次，我们一起在打麦场上玩跳方的游戏。那梯子一样的方格上有个圆圈，留记坐在那里磨来磨去的。等到我上了厕所回来，他还在那里描描抹抹的，直到把那个圆圈画得像磨盘一样……

许多人在留记家里忙碌着，后院里木匠们正赶着做棺材。见到母亲，乡里乡亲的就围了一圈过来，个个的眼眶都是红肿的。留记媳妇挂着吊针，闭着眼睛，厚厚的被子盖在身上，已哭得没有气力哭了。听见母亲叫她的名字，那可怜的女人一睁开眼睛，就抱着姑姑又哭了起来。母亲也哭了，周围的人都跟着哭了。留记媳妇前几年有病，是中风吧，半边脸老是肿的，嘴也歪斜了。大儿子在榆林的煤矿打工，女儿正在上学，两个孩子哭得比谁都恓惶……

听村里人讲，留记在黄河滩包了几十亩地种哈密瓜，每年的收入有几万元。这几年日子好过了，家里盖了门房、厦房、腰房，都是新崭崭的。外墙贴了瓷砖，内部还没有装修，他是想要多挣点钱，把家里收拾停当的。留记死的前几天，还在黄河滩的塑料大棚里秧瓜苗子，准备来春栽种。那天，他感到胸闷头晕，就撂下活儿到县医院去看了，大夫开了一大堆检查的单子。他想着，这么多年自己身体挺好的，也没有什么大麻达，做那么多的检查要花多少钱呀，就说自己可能是感冒了，让医生开些感冒药就行了。可媳妇坚持着让他做检查，说在塑料棚里都昏得爬不起来，这么远来了，检查检查没事了，也就放心了。但留记不从，还上了脾气，抱怨着说，没病没灾的，做那些检查干啥呀！你是想查出了病，盼着我死呀。就这样，两口子把检查的单子揣到兜里就回来了。

回到家里，留记躺了休息，可还是觉得胸闷头晕得不行，天地像在不停地旋转，就到我们村的卫生所看了。我们村大，与留记家隔了三四里路，那里有个老大夫，看了几十年病，在方圆还是很有名气的。老大夫给他量了血压，高压到了一百八十，又用听诊器听了心脏，说：留记，你血压太高了，心脏听着也不好，挂上几天吊针，在这里住上几天，病是不能耽误的。留记心里只惦记着自己的瓜秧子，只惦记着自己那些房了内装修要化钱，这孩子也是犟，也是想着自己年纪轻轻的能有什么大病呀，就说，我没啥大病，这几天可能是累的了，回去休息休息就好了。就这样，要了一点药，又回家了。他的邻居是姨父妹妹家的三儿子，见两口子回来了，就过来问看病的情况。两个人坐在窗台下，留记就觉得气憋得上不来，说着话就倒了下去。三儿子抱起了留记，就见留记的头倒向一边，眼睛也闭上了。三儿子觉得不对头，就吆喝人拉了架子车送留记去医院。在半路上，人们摸着他的脸他的身子是越来越凉了，鼻子里也没气了。就这样，一句话也没说，留记就死硬了。

　　村里人说，留记是累死的。这几年，除了种自己的地，他还包了那么多地，也不雇人，一个人白天晚上在地里忙碌。吃饭也不按时，有时一天就吃几个馒头，就点咸菜，在吃喝上太节省了。人又黑又瘦，才四十岁出头，头发已全白了。加之，这几年有点钱都和了泥，从前院盖到后院，高高低低十几间房子，从备料到盖成到装修，一个人干几个人的活，日夜也没怎么休息。村里人都说留记太累了，是累死的。

　　也有人说，留记是要钱不要命。可能是过去穷怕了，两个老人走的时候，就给他丢了几间茅草房，他创家立业的心太盛了。也可能是觉得钱来得不容易，还要娶媳妇嫁女，留记把钱看得金贵。平常省吃俭用就不说了，自己有了病，都已进了医院，不检查又回来了，媳妇拉都拉不住，你说傻不傻。假如他检查出了毛病，在县上住一段时间，治疗治疗，那病可能就避过去了，又可以回到他的地里挖钱了。他有两次活的机会，都是因为怕花钱而丧失了。留记咋这么愚呀，可怜的留记……

　　也有人说，留记这样走了，是不负责任。老人不在了就不说了，还有两个孩子没有成家呀。一个女人家病病歪歪的，带着两个半大的孩子，这日子今后可咋过活呀。没了留记，等于这个家的天塌了。在留记入殓的时候，他的媳妇趴在棺材上不让钉上盖子，后来被人架走了，但那媳妇在人们架抬的胳膊上，撕裂了嗓子喊着留记的名字，一声声地哭着要和留记一块去死，手脚胡乱地扑腾着，鞋子也蹬掉了。儿子和女儿也哭得在地上滚，拉也拉不起来，弄得全村老少都不住地抹眼泪。这家人可怜呀……

　　村里人还说，留记是累死的，是病死的，也是让钱害死的。钱是重要，现在社会上没钱啥事也弄不成，也让人低眼下看的，但还有比钱更重要的命呀。钱是粪土，钱是毒药，钱也害人惹祸呀。人生在世几十年的光景，一辈一辈的人来了去了，无论到啥时候，就是留记到了那边的鬼地方，都要记住命比钱值钱，活着最重要……

　　送走了可怜的表弟，又回到了熙熙攘攘的城里。母亲坐在床上看《圣经》，有一个字不认识，就叫我过去。她指的那个字是"假"字，跟在后面的一句话我看了，那句话是：假如没有了生命，就是把整个世界给了你，又有什么用呢……

为生命祈祷

这个生命来到这个世界上只有二十天,但这个生命像沙漠中刚露头的草一样,又要被刀子一样的风埋葬了。

这个生命从生到死留给这个世界的只是几声哭啼,只是几抹微笑,甚至连一句话也没有说,甚至还没有睁眼看看这个世界的样子,甚至还没有来得及有一个名字,就要死了。

这个生命的母亲是我的一个外甥女,外甥女叫悦悦。悦悦不是妹妹亲生的,是抱养来的。悦悦生下来也是不到二十天,她的母亲只身离开了那个家庭。是什么原因让一个母亲这样狠心地抛舍了自己刚生的孩子而出走的,我无从知晓。听妹妹说,有一次,村里人说那家的两个男人,带着一个不盈尺的孩子,就像老虎吃天无法下爪,弄得孩子白天晚上地哭,也不会喂,也不会抱,孩子瘦得像蚂蚱一样……妹妹心软了。其实妹妹已有两个儿子,小儿子也有三四岁了,都是大眼睛大脸盘的让人喜欢,她完全没有必要再给自己添这个麻烦。但妹妹心软得就像熟透的柿子,听了那孩子的不幸就掉泪了,就要去抱养那孩子。公公婆婆是反对的,说想要个姑娘你们可以自己生,自己生的孩子就是罚多少钱我们都认,自己的孩子都顾不上,又要为别人家养孩子,这是何苦呢?但妹妹倔强,想做的事别人是拦不住的。就这样,妹妹把悦悦抱了回来,与悦悦一同进门的还有一头奶山羊……

悦悦的懂事是全村人都知道的。还很小的时候,就知道抱柴火烧锅烧炕了。也可能是悦悦笨吧,这孩子只上到小学毕业就不上学了。不上学了,就一天三顿地学着做饭,有时也像尾巴一样跟着妹妹上地。悦悦个子小，也没有力气，举起锄头锄地，拿起镰刀收割，手都是握到很前的地方，一用劲，不留神，那锄头就上了脚，镰刀就上了腿，所以，往往是给家里人帮倒忙。当悦悦又一次用镰刀割了脚面而血流不止的时候，妹妹就背着孩子到医院去了。那天，不知怎的，早晨太阳还是橘红色的，有磨盘一般大，中午天上还没有一丝云，热得人身上刺扎着流汗，而到了下午两三点的时候，却狂风大作，雷鸣电闪，乌云像海浪一样压过来，杏大的雨点噼里啪啦响，一家人都浇得像落汤鸡似的。

回到家，想着一年的收成就要糟蹋了，爷爷就不说话，蹲在院子里只是抽烟。临到吃饭了，悦悦一瘸一拐地在门房摆好了桌凳。在我们老家那一带，门房和厦房都没有接连，中间有长短不等的空隔。悦悦从厦房的屋檐端饭下来，两台阶之间垫了几块砖头，像断桥一样，是防止地面的湿滑的。可能是因了脚上的伤痛，也可能是怕淋湿了刚换上的衣服，在躲避屋檐的水帘时，悦悦一趔趄，就摔倒了，饭碗随即就扔了出去。爷爷正在生着老天爷的气，也生着这个多事的孩子的气，又见这汤汤水水的不偏不倚就溅烫在自己的身上，顺手就从饭桌上撸起一个瓷盘子。那盘子上有缺口，那缺口怎么端直就缺在了悦悦的额头上……

因了这件事，悦悦就想念自己的亲生父母和自己的爷爷。那时，有八九岁吧，她也知道了自己的身世。她回去了。母亲改嫁到何处打听不到，父亲又娶了新娘，又有了孩子，爷爷还住在那间充满烟草味和汗腥味的房间。亲娘找不到，后妈又不待见，和爷爷住在一起，那烟腥味又让她翻来覆去地睡不着觉。住在自己的出生地，却像是生活在别人的屋檐下，悦悦无悦可言呀，每天晚上都是以泪洗面。一看到这个脸上有疤的孩子，那媳妇总害怕悦悦赖在家里不走了。每当姐弟俩在一起玩耍的时候，就一把拉住儿子说：回来，回来，别理那个丑八怪。更有甚者，那媳妇自从悦悦回来以后，一家人连吃饭也分开了。人家三口先做先吃，也不理睬这爷孙俩，一老一少的只好又点火拉风箱自做自吃。为此，悦悦的爷爷就骂自己的儿子惧内，说是亏了先人了，没见过女人，狗大的出息。但儿子已有了一次失败的婚姻，也不想再失败一次了。这样的日子过了有半月光景，我的妹妹去看悦悦。当妹妹出现在那家人的门口时，悦悦哭着喊着扑在了妹妹的怀里，一声声地叫着：妈呀，我的亲妈呀，我要回家……

就这样，悦悦又回来了，住在我们的老屋。自从父亲去世后，姐妹们都出嫁了，偌大的一座院子，就剩母亲一个人了。母亲多数时间和我们住在城里。那时，我们租民房住，房屋中间拉了一道布帘，生活不是很方便。我的爱人在学校教书，每逢寒暑假的时候，女儿有人照看，母亲就回去住了。悦悦的到来，也填了母亲的心空。这孩子清早起得也早，抱着笤帚就呼呼啦啦地扫院子，又是做饭，又是洗衣服，晚上还给母亲端热水洗脚。悦悦大了，地里的活也是一把好手。那时，农村的苹果树长起来了，上树疏果，起沟施肥，扛管子打药，她人小却手脚麻利。特别是给苹果套袋，别人一晌套几百个，她一晌却能套上千个。套了这家套那家，有时还到外村外地去套果袋，一季下来，竟能挣几千元呢。

悦悦嫁的那家人离我们村有八九里路。公公婆婆都是老实人，也是信奉基督教的。因为经常在一起做礼拜，妹妹知道这两口只有一个儿子，除了种自己的地，还在黄河滩包了几十亩地，种了西瓜、哈密瓜，收成还是蛮不错的。两家的父母做媒，两个孩子就认识了。那孩子在西安的工地上给人家开高架吊车，虽然危险点，但每月能挣三千多块钱。儿子比父母还老实，整天没有多余的话，见了人就只是倒茶散烟，长得黑黑的，总是嘿嘿地笑着。我是在他们结婚的时候，第一次见这孩子的。那天，天气很闷热，院子里挤满了人，喧喧哗哗的。我在新房里待了一会儿，可能是刚刚装修完毕，里面还有刺鼻刺眼的味道，我就担心住在这样的空间会伤害身体。后来，听母亲说，悦悦怀孕后，总是感冒，可能也有炎症吧，嗓子老不利落，就吃了一些西药。但在几次的例行检查中，大夫也没说过孩子有啥不好。所以，这一家人就只等着一个新生命的降临了。

在此期间，还发生了一件事情。悦悦的公公因晚上骑摩托从黄河滩回来摔了一跤，眼睛怎么就撞在了树上。开始还不碍什么事，后来就渐渐雾得看什么都是模糊的。在县医院看了，吃药打针总不见好，肿得像桃子一样。后来，我帮着联系住在了省第四人民医院。他的病害得很厉害，不做手术就要失明了。大夫说，那眼中的晶体因撕裂而出现了洞窟，要从上海进一种特殊的材料填压进去。儿子刚成家，自己又要做这样的手术，这做父亲的就心疼钱，就唠叨着要回去。在等待手术材料的时候，他竟真的拔了吊针，坐车回去了。医院找不着人，家里人也急得团团转。等找到他的时候，人却在黄河滩的瓜地里，一家人就劝呀哭呀。他说，媳妇快要生孩子了，养孩子又要钱，顾小的要紧，一只眼睛看不见了，还有另一只……死活就是不回去。瓜地蚊子多，咬得他一身的疙瘩，他就骂那些蚊子怎么不去咬那些有钱人，为什么总围着他不松口呢。悦悦的婆婆看着笨笨的，但心里很清亮，也是有基督的信仰支撑着，心一定，就把那几十亩瓜地转包出去了。不想这一转包，丈夫更伤心，更生气了，双手捂着眼睛，总是重复着一句话：不种瓜，一家人吃什么，今后这日子可怎么过呀。这女人就开导自己的男人说：你看天上的鸟，也不种，也不收，也没见哪只鸟饿死。天无绝人之路，有主保佑着，不怕，咱回去，看病要紧。就这样,一家人又回了医院。那手术也是复杂,一直做了约五小时。一家人坐在手术室门口,抖得端不起水杯。我买了肉夹馍和稀饭上来,但他们是一口也咽不下去呀。

悦悦的公公出院了。那眼睛需要养着恢复,不能使重力,但他就是歇不下,像个无病的人似的,又整天忙活在地里。当别人问起病情的时候,他总是笑哈哈地说,好了,好了。但他心里清楚,太阳光一照,眼前又是黑夜一般。有时,那眼睛还有重影,看什么都是双样的,一切在他眼中都是虚虚幻幻的。就是在这样的时候,他还要跟着村里的人到新疆去摘棉花。在他要么碰在门上,要么掉进渠里,摔得鼻青面肿的时候,就又一次被推上了那个手术台。时隔两个月,吃了二遍苦,受了二茬罪……

这一家人真命苦呀。公公出了院,悦悦就进医院了。孩子生下来是五斤四两,虽说是顺产,却像个死胎似的,气息如游丝,哭的声音也如猫叫一般。能吃一点奶,但吃下去又会吐出来。从一生下来,那孩子就被放在保温箱里,靠着打点滴维持着一口气。后来,似乎是好了一点,医院也怕出什么意外,就赶快让出院了。

母亲惦念着悦悦和孩子,因为悦悦小时候母亲抱得最多。长大后,悦悦又陪着母亲住了很长时间,又在西安伺候过母亲。所以,在悦悦生孩子后,母亲就要回老家,并收拾了衣物,说这次回去要多住几个月。悦悦还小,又是头胎,老母亲还担心娃睡的姿势不对,会把头睡成偏的。回去之前,我和母亲还到民生商场给孩子买了个车车,是那种带轱辘能推着走,有篷子能遮阳的童车。我们回去的时候,妹妹也在那里。那个像老鼠一样大小的孩子始终没有睁眼,被一条带花的褥子包裹着。悦悦穿得很厚,人似乎是虚胖着。天气很热,母女俩都躺在炕上。没有想到,悦悦见了母亲,竟是放声号哭。母亲像是训斥般地劝她说：在月子里是不能哭的。坐月子也是病，病里哭哭啼啼的，以后会落下毛病。我想母亲是能劝住的，悦悦最听母亲的话。可不曾料到，悦悦紧紧地抱住母亲，却哭得更凶了。她甚至说，她不想活了，什么都不顺，活着怎么这么难呀。她还说，每当她想死的时候，都死不下去，心里总惦记着抱她养她长大的婆呀。她一会抱了婆哭，一会抱了妈哭，说这辈子该拿什么报答呀。看到这种场景，我的泪也止不住挂满了双颊。

这一家人非留着吃饭，想着这样快地走也不合适，我们就答应了。吃饭的时候，我就说，不能等了，今天就收拾收拾，到西安给娃看病。省人民医院有个亲戚，正好在儿科做主任。但儿科和新生儿科不是一码事，我们又把孩子抱到新生儿科。那个满头白发的老医生对生命的尊重是让我尊重和感动的。她戴着一副老花镜，详细地看了检查的单子和拍的片子，说：要立即住院，这孩子随时都有生命危险。她拨电话联系了住院部，但没有床位。我还说，能不能加张床。她说，新生儿科住院，都是单间，家里人都不能陪护，一切都是由医护人员来照料的。婴儿抵抗力差，是不能有交叉感染的。看着我们焦急的样子，这像老奶奶一样慈祥的大夫又抓起电话找了新生儿科的主任。就这样，没有耽误，孩子入院了。在入院签字的时候，医生说，孩子的病是先天性心脏病，心脏上有多处洞孔，就像河渠一样，本来血液要输送到各个器官去，因了这些洞孔，血就流得肆意了。人的脏器中没了血，就像庄稼没了水，那生命的存在就只是时间问题了。我不懂医学，但从这样的解说中，我也知道了这微弱的生命正在经受着怎样的折磨和煎熬啊。在此后几天给孩子送奶的当儿，悦悦不停地询问着孩子的情况。做母亲的是受不了这样的刺激的，所以，我们总是说：孩子交给医院了，你就只管放心，大医院见的病多，会一天天好起来的。但我也对悦悦说，你现在也大了，成熟了，要学会坚强。

　　在我写这些文字的时候，医院正在组织专家会诊。初步的方案是，要保住生命残存的一线希望，就要在这仅有二十天的心脏上做一次大的手术，而能否从手术台上下来，专家们似乎也没有什么把握。而如果不做这个手术，这个生命可能就要在这些洞孔中永远地坠入黑暗的地狱了。那是这个生命刚刚脱离出来的一个有着怎样的大水淹灭和大火燃烧的可怕的世界啊。我知道，所有的人都不想让这孩子再回到他来的地方去，这个生命也想在这个光明温暖的人间陪着他的爷爷奶奶父亲母亲走向花开的春天，走向金色的未来，享受这来之不易的千年才有一回的生机和因缘。这一点，是当我们把孩子交到那个如奶奶般慈祥的大夫手里的时候，我从这孩子突然睁开的眼睛和绽放的微笑中看到的。但这个还没有名字的孩子，这个还只有二十天的病恹恹的生命，能否挺过这病危的时刻，大难不死，创造一个奇迹，又是任何人都不能保证的。全能的上帝呀，救救这个孩子吧，救救这苦难的一家人，让他们那颗热爱你的心不因这孩子的死而变冷，让他们那信奉你的心因了这孩子的生而变得更加坚定。

　　我在为这孩子祷告。我的母亲在为这孩子祷告。我的妹妹在为这孩子祷告。悦悦的全家已经跪在上帝的面前，几天几夜没吃没喝没睡了，他们是那样虔诚地在为生命祈祷着……

几声叹息

一片曾经茂盛的草枯黄了，也倾倒了。在这荒芜的草丛中，又有新的草冒出来，绿茸茸的；又有新的花开放了，粉红粉红的。愈是往深远处，那花的面貌愈是模糊不清了。绿叶红花的归处是彼岸那方昏暗的天地。在《秦岭》中，巩德顺先生把这幅图片命名为《怨春无语》，我却别出心裁，叫了《几声叹息》。

记得二十世纪八十年代初刚毕业的时候，同学们还经常通信，八分钱的邮票就寄出了青春的心。那时，我们如初生牛犊，到了社会上也不知害怕，与人谈起国事家天也是指点江山挥斥方遒。"累"，在年轻的字典中是找不到的。白天一身汗上班，傍晚一身汗打球，夜间看书到两三点还没有瞌睡虫搅扰。血气方刚如我者，竟起了豪誓，咬破食指，写下了"每天看一本书"的话贴在床头。在这样那样薄薄厚厚的书刊上，在这里那里边边角角的留白处，长长短短地批注了多少伸胳膊伸腿的文字呀。更有心血来潮的时候，就写了一首一首的诗，也不论平仄，也不知架构，随心所欲地涂抹着，多的是空洞的豪言壮语。日记也是每天必记的，但大都是好字好词好句好段落的摘抄，摞起来也有米余高低。每当有同学来信，提笔就回了，洋洋洒洒也不知都说了些什么胡话，反正是鼓鼓囊囊往邮筒一扔，就山南海北地随风而去了。

后来，一位比我大十岁的同学给我回信，其中有一句话至今我还记得："唯其青涩，才是最有希望的。"我当时理解不深，光看见了"希望"之鼓励，而未太懂"青涩"的意味。这样莽莽撞撞地过了几年，我愈来愈觉得自己浅薄了。墙上的芦苇，山中的竹笋，自恃其高就不说了，而嘴尖皮厚腹中空却有伤生命的自尊。因了这种觉醒，我就报了名要考本科。那是1987年，在云里雾里我竟选择了哲学这个云里雾里的专业。对着一大堆的英文中文日攻夜也攻。那一堆书被我像嚼牛肉一样地嚼烂了，录取通知书也就来了。

那时，是复习考试和谈对象两不误。到了二十四五的年龄，父母抱孙子心切，就逼着我结婚。想着要出去几年，结婚就结婚吧，纵使结了婚也是一种形式。但在婚礼大堂的那一拜中，我意识到了这是生命的一个重大变化。不仅仅是说，这一拜，感情的流水就进入了唯一的渠道，更重要的是，这一拜，也将承载起一种巨大的人生责任。以后的生命，是不能再如这一拜之前那样天马行空，独来独往，一个人吃饱，全家不饿了。特别是我的女儿出生后，当我抱起了那个延续我生命的新生命，当我亲吻了那新生命的脸庞的时候，我流泪了。在这个熙熙攘攘的世界上，第一次有人喊我爸爸了。那一刻，我知道了什么叫牵挂，虽然，我的心还在千里之外的黑格尔费尔巴哈之流的精神世界里游荡，但再游也游不出那一声声亲切的呼唤了。我也知道了，我的生命从此不再属于我个人了，我的生命连着给予我生命的人，也连着我给予生命的人……

我对生命的深刻体验是在父亲的葬礼上。在此之前，我从未想过给了我如此旺盛的生命的生命，会有一天突然就死了。可能正是由于我在心理上没有任何的防备吧，在告别父亲遗体的瓢泼大雨中，在我把对父亲的追思念到半截的时候，就倒在了老家街巷的泥水中不省人事。我的悲极而泣的昏迷持续了很长时间，是几个同学掐着人中把我从黑暗的地狱边沿拉回来的。在昏暗而旋转的送葬路上，那瓢泼大雨没有让我清醒，倒更使我产生了一种走向死亡的感觉。深一脚，浅一脚，摇晃在路上的泥泞中，跟随在抬着父亲遗体的八抬大轿的后面。是怎样昏天黑地地到了要埋葬父亲的墓穴，我是不清晰的。虽然我的同学在两边死死地架着我，但当那准备埋葬的鞭炮响起来的时候，我还是那样猛烈地挣扎着要扑向那埋葬父亲的地方。我的脚上已没了鞋子，我的声音已喊不出父亲的名字，我的脸也一定是煞白得没了人色，但我还是疯狂地要扑向那个给了我生命又为我的生命而过早结束了自己生命的人啊。

父亲的离去，让我感到了生命形态的脆弱和生命脚步的沉重。在此后的多少次梦里，我伸手想要拽住父亲飘走的衣角，那衣角被我死死地撕了下来，而父亲却总是不回头地匆匆走在风雨的路上。我曾在梦里埋怨父亲为什么这样不理不睬我的哭喊，但他就是那样头也不回，就是那样匆匆地在风雨中不回头地前行。每当从梦里醒来，我就一次次对生命有着一种恐怖感、畏惧感，也知道了那叫生命的生命，也如那叫流水的流水，都是一种永不回头的一维的存在，离去了就不能再回来……

我生命的脚步从此不再漂移了。我力求做好我所面对的每一件事情，包括对母亲的孝，对女儿的爱，对亲戚朋友和有缘在一起的所有人的敬。这样的日子过了几年，有一天，我对着镜子梳洗，忽然，有一抹银色的闪亮跳入了我的眼帘。我的心颤抖了足足有一刻钟。我把那根头发拔了下来，小心翼翼地放在了我的日记中。后来，不知为何，有一段时间，我的那些头发一把一把地往下掉。几个月过后，我就看见了那秃成一片的头顶了。后来，鬓角上的白发也像小时候看母亲纺线一样，一根接一根地就出来了。直到有一天，我的爱人不忍心看到我的这种衰老，硬是拉着我去发廊染了头发。但当那些黑发像韭菜一样长起来的时候，白花花的根茎也就冒了出来，并且越长越发白了。到了这个时候，我才真切地知道，生命是有两样颜色的。小的时候是黑色的，老的时候是白色的。就像埋葬父亲时人都要穿白衣服一样，到了人老的时候，一生的本色就显露无余了。就像太阳的本色是白色的一样，这种"道是无晴却有晴"的颜色才是生命的本色。

孔夫子说，逝者如斯夫。他老人家又说，十五而志于学，三十而立，四十不惑，五十而知天命。这是生命进步的阶梯呀。如今，我即将上到五十岁的阶梯上，但有时还是不服气，还是觉得自己仍然年轻。但这种年轻的感觉的最后一击，是在两年前的那个春节。姐来了，妹来了，她们的头发都发白了。她们来给母亲拜年，而母亲因为腿疼，走路已拄上拐杖了。小一辈的白发人见了老一辈的白发人，那一刻，我几乎又要伤心落泪了。那个一身英姿飒爽的姐姐不见了，那个爱唱爱跳的妹妹哪里去了？我在感叹着生命的沧桑。正当我陷入沉思的时候，外甥和外甥媳妇让怀里抱的孩子叫我"爷爷"。一岁的孩子怯生生地叫了我"爷爷"，我也怯生生地答应了。我把孩子抱在了怀里，我把孩子高举了起来，不停地转着喊着：我当爷爷了，我是爷爷了。孩子的笑咯咯咯地响，而我的泪却簌簌簌地流了。因了这孩子，满屋的人都长了一辈，这个家庭已经是四世同堂了。在四世同堂的其乐融融中，我忽然想到了小时候我问外婆的一句话：人为什么会死呢？外婆说：有生就有死呀，要是人光生不死，这世界就盛不下了。外婆的话是对的。每个生命都是一个过程，每个生命都是一步一步朝着死亡的方向而去的。大到皇帝老儿，小到平头百姓，包括天地万物。从这个意义上讲，先生的《怨春无语》是一种境界，而我的《几声叹息》只能是一种人生感慨的宣泄，而与生命的理性进程无半点关系。

是的，细嫩的芽儿，生命最脆弱，却最坚刚。肥叶大枝的草儿，看起来很凶蛮，实则已到了枯黄的时轮。最不该的是那些花，开放得太艳丽了,接踵而来的就是衰落了。忽如一夜春风来,千树万树桃花开。那是生之喜悦。忽如一夜秋风起,千朵万朵皆落去。那是死之悲怆。甚至连这喜悦连这悲怆也是无常的,一切都要走向它的反面,一切皆是走在死亡的永远的路上……

祝　福

（后记）

　　进入五十岁以后，怎么梦就多了起来。有时候，一晚上会做几个梦。真实而又虚幻，虚幻而又真实，比电视上的那些连续剧要精彩多了。

　　回想起来，那些梦的时空背景，有的是我经历过的，有的是我未曾经历过的，有的似乎还很玄幻和荒诞，但活动在那些时空背景中的人物，却都是我生命中曾经遇到过的人物，真实不虚。特别是我的那些亲戚，都真真切切活灵活现地出现于我的梦中。

　　这样的梦做得多了，我就常常想，我的那些死去的亲戚，其实根本上就没有死。死的只是他们的肉身，埋葬的也只是他们的骨骼，而他们的灵魂，却像窗外的风、窗外的声音、窗外的月光，依然回旋、飘荡和照耀在我们周围，随时会以某种神秘的方式与我们相逢，重续那种永远的缘与源。记得有句话说：世界上所有的遇见，都是久别的重逢。生与死的重逢，正如生与生的重逢，都是完全可能的。

　　我梦见过我的奶奶，那个在我生日那天死去的奶奶。我只是在一张旧照片上见过奶奶。我在梦中对奶奶说：我的生命是用你的生命换来的。奶奶是个争气的人，自从她被卖到老潼关，就再没有蹚过渭河北来一步。据说，奶奶是饿死的。我为奶奶一生的苦难而流泪。我曾在梦见奶奶的第二天，驱车前往奶奶生前住的那个叫安乐的山村。翻过几条沟壑，我跪在奶奶长眠的长满酸枣刺的坟前，又是泪流满面。在我三跪九拜要起身的时候，突然发现，在我双膝下跪的那片绿草地上，竟开着一朵挂满露珠的百合花。在阳光的照耀下，那朵花摇曳着灿烂的微笑。我以为那就是奶奶对我的亲切而美好的问候了。

我梦见过我的姥娘，那个整整活了一百岁的慈祥的女人。是这个女人将我抱着长大的。但在姥娘死去的时候，我在外地上学，父母怕影响我的学业，而未将姥娘的死讯告诉我。待回到老家，看到挂在墙上的遗像，我像疯了一样跑到洛惠渠边的那个坟头上……梦中的姥娘总是挂着一根拐杖，坐在那个矮墙矮门的石礅上，似乎总是在张望着什么，等待着什么，冬日的寒风吹散了她的满头白发……

还有我的父亲，十八年前就已经不在人世了。他常常扛着锄头和镢头来到我的梦中。其实，我每次回老家，都要到西北岭上的坟地与他说上一会话。清明节送一束鲜花，十月一奉一篮瓜果。父亲的坟丘上开满了迎春花，而且一年比一年旺盛，金灿灿的。在那个金光闪烁的屋檐下，父亲似乎还在捻着胡须对我说着他生前经常说的那句话：书中自有黄金屋，书中自有千钟粟……

我的母亲还健在，已是八十多岁的老人了。家有娘，比人强。每天中午，母亲都会给我打电话，我也能吃到她亲手做的各样饭菜。可口的味道自不必说，更让我具有幸福感的是，吃完饭，我还可以躺在母亲的床上拉一会家常。我的母亲原来是不识字的，但令人惊异的是，这个八十多岁的老太太，现在整天戴一副花镜，竟能把《新约》

《旧约》上的"神话"呱呱啦啦地念下来。我就感慨着信仰的力量，是可以照亮一个人的生活，并改变一个人的精神形态的。

当然，我也梦见过潼关的姑姑、姑夫。那个总像掐着喉咙，声音像游丝一样说话的姑姑，那个总是把我架在脖子上，在集市的人群中挤来挤去的大个子姑夫，以及五指总是蜷曲着伸张不开的残残缺缺的安泰叔，还有那个留着两条长辫子的漂亮的喜花姐……每当我们从潼关回来的时候，他们都是送了一程又一程，就像古装戏中的那种十里相送。我们是坐船从渭河南岸渡到北岸的，而等再回头的时候，看到那些亲戚们还站在河那边挥着手，直到大风刮起的黄沙弥漫了我们的眼睛……

当然，我也梦见过我的伯伯，那个村里人都叫茂伯的卖卤肉的干瘦老汉。他是大舅家的女儿的公公，与我们住斜对门。小时候，我总是惊奇他竟能左右开弓打算盘，两只手像旋风一样噼里啪啦拨拉着算珠。我曾经陪茂伯住过几年。他的慷慨让我幼小的身体多了一些筋肉，他的热情好客让我在那些热闹喧哗的夜晚，记住了许多民间的鬼神和乡村的故事。

还有我的那个爱唱戏的三叔，还有那个见多识广的木匠姨夫，还有我的大舅二舅大妗子二妗子三妗子，他们或是领着我满世界地跑着看戏，或是骑着自行车带我到黄河滩捕鱼打兔子，当我们过年走亲戚到新村到澄城到兰州的时候，他们或是上树摘柿子，或是下窖提红薯，或是把我写给他们的信张扬给邻居看，抑或是因为贫穷表现出吝啬和小气，抑或是因为性格相互之间生发矛盾纠葛。当然，这其中也牵涉到一些亲戚的亲戚，邻居和巷院中的亲戚，那些欢声笑语、亲爱温暖、酸楚悲苦，甚至吵吵闹闹，都烙印在我童年的心灵中……

但无论如何，在我生命的最初年月，我还是觉得这个世界上最亲最爱的人，是那些血脉相连的亲戚。甚至我对这个世界的认识，也是从他们那里开始的。

每个人都不能选择自己的出身。我的这些亲戚，除了当年跟随彭德怀解放大西北的三舅外，都是社会最底层的小人物。在如磐的历史风雨中，他们的命运也如渭北旱原上的小草，承受了太多的生存压力和生活折磨。那些苦难的日子、悲欢离合的故事，都像刀刻一般存留在我的记忆里，岁月的风雨是消磨不去的。

毋庸置疑，亲戚也是一个小社会，他们的生活也是真实和具体的。人性的善恶在他们身上也有充分的体现，甚至有些事情一提起来还会让人不寒而栗。记得路遥在《平凡的世界》中有一段话说："小时候，我们常常把亲戚这两个字看得多么美好和重要。一旦长大成人，开始独立生活，我们便很快知道，亲戚关系常常是庸俗的；相互设法沾光，沾不上光就翻白眼；甚至你生活中最大的困难也常常是亲戚们造成的。"我想，在现实生活中，这种情况可能我们都或多或少地遭遇过。为此，在写这些亲戚的过程中，我不想因为血缘和感情而用那些夸张的溢美之词来描绘他们，但我也不想因为自己的好恶偏见，而在文字中夹杂任何主观贬抑。散文是写我的世界，真情实感是散文的生命。我只是想真实地把他们的人生（片段）告诉这个世界。就像司马迁写《史记》之不溢美，不掩丑，不隐恶，我也力求使自己的散文还原到生活的本真中去。有时，我也常常想，其实我们能把生活中的一棵树、一条河、一个人、一个村庄的原本面貌、本真状态和生命精神，在自己的文字中写得就像一棵树、一条河、一个人、一个村庄，那已经是很了不起的事情了。无须"锦上添花"，也无须"画蛇添足"，生命的自然本真是最美好的。我知道，我的笔墨是笨拙的，虽然做不到这一点，但高山仰止，景行行止，虽不能至，心向往之。

感谢上苍。今天是 11 月的第四个星期四，是感恩节。无论是西方还是东方，现在人们都在过这个节日。在今天的微信朋友圈中，也多有"滴水之恩，涌泉相报""羊有跪乳，鸦有反哺"之类的话题，也多有"衔环结草，生死不负"的典故。这个故事发生在"辅氏之役"，而辅氏城故址就在今天老朝邑的步昌乡，就在我姑妈家那个叫小伏坡的地方。记得小时候，到姑妈家走亲戚，小伏坡的西城门上还残留着"古辅氏城"的石刻……

真的，应该感谢养育我生命的那块土地，应该感谢照亮我生活的星空，应该感谢我的祖先、我的父母、我的姐妹、我的亲戚。在某种程度上，我之所以要把这些亲戚的事写出来，缘于一种回报，一种纪念，一种祈祷，一种悲悯，一种哀叹，抑或是一种含着泪光的歌唱。我不敢说，我是在为这些亲戚立传，但我知道"命比纸薄"的道理。人的生命不过百年而已，而千年的文字却依然会说话。

有句话叫"往事如烟"，还有句话叫"往事并非如烟"。虽然这本书中的这些人这些事，大都如云如烟一般飘散而去了，但当我伫立在长安城的城垣上，每每望着老家的云烟，还是禁不住思念我的亲戚。我的心中唯有祝福。

祝福，祝福！祝福那些总是缠绕在我梦中的亲戚，祝福那些依然活在这个世界上，抑或活在另一个世界上的亲戚，祝福那些永远活在我灵魂中的亲人们。

最后，也祝福所有为这本书付出辛勤劳动的亲们。和谷老师是我尊敬的著名作家。20 世纪 80 年代，我就拜读过他的《原野集》。感谢他在百忙中读完了这部书稿，并欣然为之作序给予鼓励。还有陕西师范大学出版总社的尹海宏女士，是她首先选定"亲戚"系列这一主题，并悉心编辑了这个集子。还有负责装帧、设计、校对、印刷、发行的所有朋友们。感谢有你，祝福大家。

另外，还有一件事情需要说明一下，封面题图是我非常喜欢的，但作者不详。请著作权人看到后联系出版社领取稿酬，在此也表示衷心的感谢。

2016 年 11 月 24 日夜于映雪堂